Carol Marinelli
Corazón del desierto

Editado por HARLEQUIN IBÉRICA, S.A.
Núñez de Balboa, 56
28001 Madrid

I.S.B.N.: 978-84-9010-214-5
Depósito legal: B-38130-2011
Editor responsable: Luis Pugni
Fotomecánica: M.T. Color & Diseño, S.L., Las Rozas (Madrid)
Impresión en Black print CPI (Barcelona)
Fecha impresion para Argentina: 2.7.12
Distribuidor exclusivo para España: LOGISTA
Distribuidor para México: CODIPLYRSA
Distribuidores para Argentina: interior, BERTRAN, S.A.C. Vélez
Sársfield, 1950. Cap. Fed./ Buenos Aires y Gran Buenos Aires,
VACCARO SÁNCHEZ y Cía, S.A.
Distribuidor para Chile: DISTRIBUIDORA ALFA, S.A.

Capítulo 1

PROBEMOS en otro sitio.

Georgie sabía que no tenían ninguna posibilidad de ser admitidas en ese exclusivo club.

Ni siquiera había tenido la intención de intentarlo.

En realidad, lo que más le apetecía era estar en la cama, pero era el cumpleaños de Abby. Las demás amigas se habían marchado y Abby aún no estaba dispuesta a dar por terminado un día tan señalado. Al parecer, no le importaba aguantar la interminable cola tras el cordón rojo, mientras los ricos y famosos pasaban por delante sin problema.

—Quedémonos. Es divertido mirar —insistió Abby mientras una joven de la alta sociedad londinense bajaba de una limusina—. ¡Fíjate en ese vestido! Voy a hacerle una foto.

Las cámaras de los paparazis iluminaron la calle mientras la joven posaba, acompañada de un actor de mediana edad. Georgie, que llevaba un fino vestido de tirantes y unas sandalias, temblaba de frío aunque, decidida a no aguarle la fiesta a su amiga, charlaba animadamente con ella. Abby llevaba mucho tiempo soñando con esa noche.

El portero se paseó ante la fila de gente y Georgie sintió renacer la esperanza de que les dijera que desistieran de entrar y se marcharan a sus casas. Sin embargo, avanzó con paso firme hacia ella. Nerviosa, se pasó una mano por los rubios cabellos, preocupada por si habían hecho algo malo. A lo mejor no estaban permitidas las fotos...

–Adelante, señoritas –el portero alzó el cordón rojo mientras las amigas se miraban indecisas, sin saber qué hacer–. Lo siento, no me había dado cuenta de que estaban aquí.

Georgie abrió la boca para preguntarle quién se suponía que eran, pero un codazo de Abby se lo impidió.

–Camina y calla.

Todo el mundo las miraba. Una primera cámara disparó el flash y, de inmediato, las demás la siguieron. Los fotógrafos habían supuesto que debía tratarse de «alguien».

–¡Éste es el mejor cumpleaños de mi vida!

Abby estaba fuera de sí de emoción, pero Georgie odiaba los focos y las miradas de los demás, aunque no podía negar que el corazón latía con fuerza en su pecho mientras eran conducidas hasta una mesa. Sintió un nudo en la garganta, acompañado de una extraña sensación en el estómago mientras empezaba a temerse que aquélla no había sido una equivocación del portero.

Sólo había una persona en el mundo que pudiera estar en ese lugar. Una persona que tenía el poder de abrir puertas imposibles. La persona en quien llevaba meses intentando no pensar. El hombre al que deseaba evitar a toda costa.

–Acepte nuestra disculpa, señorita Anderson –la sospecha se confirmó cuando el camarero empleó el que suponía era su apellido mientras les servía una botella de champán.

Georgie se sentó con las mejillas al rojo vivo, sin atreverse a levantar la vista hacia el hombre que se acercaba. Porque sabía que iba a ser él.

–Ibrahim nos ha pedido que la cuidemos.

No había manera de evitarlo. Georgie intentó aparentar indiferencia mientras ordenaba a su corazón y a su cuerpo que se calmara. Levantó la vista y, aunque consiguió sonreír tímidamente y aparentar controlar la situación, por dentro cada célula de su cuerpo daba brincos por los nervios y una inesperada sensación de alivio.

Alivio porque, a pesar de no querer admitirlo, de insistir en lo contrario, aún lo deseaba.

–Georgie.

El sonido de su voz, el ligero acento a pesar de la esmerada educación recibida, hizo que el estómago le diera un brinco. Se puso en pie para saludarlo y, por un instante, se encontró de vuelta en Zaraq, de vuelta en sus brazos.

–Ha pasado mucho tiempo –saludó él. Estaba a punto de marcharse con una joven rubia que le dedicó a Georgie una amenazante y posesiva mirada.

–En efecto –contestó ella con un tono de voz más agudo que el habitual–. ¿Qué tal estás?

–Bien –afirmó Ibrahim quien, en efecto, lo parecía a pesar de la vida que llevaba a tenor de lo que se publicaba sobre él.

Le pareció más alto de lo que recordaba, o quizás estuviera algo más delgado. Sus facciones eran más afiladas. Llevaba los negros cabellos también más largos aunque, a pesar de ser las dos de la mañana, estaban impecables. Los ojos negros y escrutadores, como aquel día, parecían esperar a encontrarse con los suyos y al final lo consiguió pues, al igual que aquel día, no pudo evitar mirarlo.

La boca no había cambiado. Aunque fuera el único rasgo del que dispusiera para identificarlo, lo haría sin vacilar. Reconocería esos labios entre un millón. Al contrario que el resto de sus rasgos, eran unos labios delicados y carnosos que, tiempo atrás, solían curvarse en una perezosa sonrisa que revelaban una dentadura perfecta. Sin embargo, aquella noche no sonreía. Forzada a mantener la extraña conversación mientras sus miradas se fundían, lo único que ocupaba su mente eran esos labios. Mientras él hablaba, sólo podía observar su boca y, a pesar del tiempo transcurrido, y estando en una abarrotada sala de fiestas con una rubia colgada del brazo, sólo deseaba besar esos labios.

–¿Cómo estás? –preguntó él educadamente–. ¿Qué tal tu nuevo negocio? ¿Tienes muchos clientes? –era evidente que no recordaba todos los detalles de aquella noche. Con emoción le había hablado de la aventura del Reiki y los aceites medicinales, y recordó lo interesado que parecía haberse mostrado. Dio gracias a la penumbra reinante en la sala pues había una posibilidad de que sus ojos se hubieran llenado de lágrimas.

–Va muy bien, gracias –contestó Georgie al fin.

–¿Has visto a tu sobrina últimamente? –insistió él en un tono exageradamente formal.

Georgie deseaba que regresara el verdadero Ibrahim, que la tomara de la mano y la arrastrara fuera de allí, que la llevara a su coche, a su cama, a un callejón, a cualquier parte donde sólo estuvieran ellos dos. Sin embargo, él parecía esperar una respuesta.

–No he vuelto desde... –ella sacudió la cabeza y se interrumpió. No podía continuar. Su mundo había quedado dividido en dos. Antes y después.

Desde que un beso la había cambiado para siempre.

Desde el amargo intercambio de palabras.

–No... no he vuelto desde la boda –balbuceó.

–Estuve allí el mes pasado. Azizah está muy bien.

Sabía que había regresado. A pesar de jurarse a sí misma que no iba a intentar encontrarlo, cada vez que hablaba con su hermana intentaba que la conversación forzara la aparición de su nombre. No estaba orgullosa de su comportamiento. Las palabras de Ibrahim se perdían entre el ruido del club y la única manera de continuar la conversación era inclinar la cabeza un poco más hacia él, cosa que, por motivos evidentes, no estaba dispuesta a hacer. La rubia bostezó y apretó el brazo de Ibrahim. Georgie le agradeció la ayuda para poder entrar en el club, así como la botella de champán y él le deseó buenas noches.

Hubo un fugaz instante de indecisión. Lo correcto sería despedirse con un beso en la mejilla, pero a medida que los dos rostros se acercaban, por mutuo acuerdo se detuvieron. Porque incluso en ese escenario el espacio entre ellos se había caldeado con un aroma, sutil y embriagador, tan intenso que debería estar prohibido.

Georgie sonrió con amargura.

–Buenas noches –contestó mientras él se dirigía hacia la puerta.

Todo el mundo se apartaba a su paso, admirando al bello ejemplar masculino antes de volverse hacia ella con expresión de curiosidad en los ojos. Porque incluso el breve saludo intercambiado con él le había convertido en «alguien». Sobre todo cuando, sin previo aviso, pareció cambiar de opinión y deshizo sus pasos como si lo impulsara una extraña fuerza que lo atrajera hacia ella. Igual que meses atrás. Georgie sintió el impulso de correr a su encuentro, pero se quedó de pie, temblando, con los ojos anegados en lágrimas, mientras lo veía acercarse e inclinar la cabeza para susurrarle al oído palabras que jamás habría esperado ni buscado en él.

–Lo siento.

Ella permaneció en silencio pues, de intentar hablar, se habría echado a llorar o, peor aún, se habría acercado a los labios que tanto deseaba besar.

–No por todo, pero sí por algunas de las cosas que dije. Tú no eres... –continuó él con voz ronca sin pronunciar aquella palabra que había resonado en los oídos de Georgie durante meses–. Lo siento.

–Gracias –consiguió contestar ella–. Yo también lo siento.

Porque lo sentía.

Cada día.

Cada hora.

Por segunda vez él se volvió para marcharse y ella no pudo soportar verlo partir de nuevo, de modo que decidió sentarse.

–¿Quién era ése? –preguntó Abby.

Georgie no contestó. Tomó un sorbo de champán que no consiguió calmar su sed por lo que insistió con un segundo trago antes de volverse hacia el hombre que jamás miraba atrás. Sin embargo, en aquella ocasión sí lo hizo, y el efecto fue tan devastador, el deseo tan intenso, que de haberle hecho el menor gesto, le habría seguido.

Con alivio vio que la puerta se cerraba, aunque necesitó unos instantes para recobrar la sensación de normalidad, para regresar a un mundo sin él.

–¿Georgie? –Abby mostraba signos de impaciencia.

–¿Te acuerdas de mi hermana, Felicity, la que vive en Zaraq? –Georgie observó a su boquiabierta amiga–. Ése era el hermano de su marido.

–¿Es un príncipe?

–Dado que Karim lo es –Georgie intentó aparentar indiferencia–, supongo que él también.

–Nunca hablaste de... –la voz de Abby se apagó, aunque su amiga supo qué quería decir.

A pesar de que la hermana de Georgie se había casado con un miembro de la realeza, a pesar de que Felicity había ido a Zaraq como enfermera, casándose con un príncipe, Georgie había hecho creer a sus amigos que Zaraq no era más que un puntito en el mapa y que ser un príncipe allí era de lo más habitual. No les había hablado de esas increíbles tierras, del interminable desierto que había sobrevolado, de los mercados y las tradiciones populares del campo que contrastaban con el brillo y lujo de la ciudad.

Y desde luego no les había hablado a sus amigos de él.

—¿Qué pasó allí?

—¿A qué te refieres?

—Volviste cambiada. Apenas hablaste de aquello.

—No fue más que una boda.

—Venga ya, Georgie, mira a ese tipo. Jamás había visto a un hombre tan guapo. Ni siquiera me enseñaste las fotos de la boda...

—No pasó nada —contestó, porque lo sucedido entre ella e Ibrahim jamás había trascendido, a pesar de que pensara en ello a diario.

—¡Dama de honor por tercera vez! —la voz de su madre aún resonaba en los oídos de Georgie, bromeando mientras esperaban el inicio de la ceremonia—. Según el dicho, si eres dama de honor en tres ocasiones, jamás... —su madre se había interrumpido, pues los habitantes de Zaraq no se mostraban interesados en su nervioso parloteo.

Sólo les importaba la boda que estaba a punto de celebrarse. A pesar de la pompa y el lujo, ni siquiera se trataba de la verdadera boda. Ésa había tenido lugar semanas atrás ante un juez. Pero después de que el rey se hubiera recuperado de una grave operación, y que Felicity fuera aceptada como una esposa adecuada para

Karim, se había procedido a la celebración oficial antes de que el embarazo resultara demasiado evidente. Georgie sentía arder sus mejillas ante la sensación de culpa que albergaba en su interior. Si su madre supiera la verdad... Pero no había ningún motivo para que lo supiera, se tranquilizó a sí misma antes de verse lanzada de nuevo a un torbellino al abrir los ojos y encontrarse con la mirada de un hombre impresionante. Al igual que su padre y sus hermanos, llevaba uniforme militar, aunque no había hombre en el mundo que lo luciera mejor. Con pesar, recordó que, de haber estado en Inglaterra, le tocaría bailar con el padrino de la boda.

Supuso que desviaría la mirada, avergonzado por haber sido descubierto mirándola, pero no, mantuvo la mirada fija hasta que, avergonzada, fue ella quien la apartó. No le habían permitido elegir el traje de dama de honor y se encontraba incómoda vestida de color albaricoque con los rubios cabellos peinados en una apretada trenza que caía sobre un hombro, y demasiado maquillada para una piel tan pálida. No era así como le hubiera gustado que la viera por primera vez un hombre tan divino. Durante toda la ceremonia sintió su mirada sobre ella e incluso cuando no la miraba, sentía su atención.

No había sabido qué esperar de aquella boda, desde luego no diversión, pero después de los discursos, las formalidades, la interminable sesión de fotos, empezó a fijarse en las personas y el lugar que su hermana amaba. Hubo un pequeño respiro cuando el rey y sus hijos desaparecieron para regresar poco después sin uniforme, vestidos con traje oscuro. La música estalló y una sensual comitiva acompañó a los novios al salón de baile iluminado únicamente por velas. Atónita, observó a Karim inmóvil mientras su hermana se acercaba a él bailando. Su hermana, tan formal y estricta, sonreía y ejecutaba sensuales movimientos. Georgie apenas la reconocía.

Los invitados rodearon a los novios, pero ella estaba demasiado nerviosa para unirse a los demás. De repente sintió una cálida mano sobre la espalda, empujándola, y sintió el aroma de Ibrahim, oyó su voz susurrarle al oído.

–Debes unirte a la *zeffa*.

Georgie no sabía qué hacer. No sabía cómo bailar, pero, con él a su lado, lo intentó.

Sentía una fuerte corriente que partía del estómago hacia los muslos y los dedos de los pies, pero sobre todo sentía el momento, la energía, podía saborear el amor en el aire.

–La *zeffa* suele celebrarse antes de la boda, pero nosotros acomodamos las tradiciones a las necesidades de nuestro pueblo...

Ibrahim no se apartó de su lado en ningún momento, ni siquiera cuando la música se hizo más suave, y de repente se encontró bailando con él.

Compartieron un baile y, aunque fuera un puro formalismo, fue distinto. Estar en brazos de alguien tan fuerte, tan autoritario, resultaba confuso. Y ser consciente de cómo la miraba acabó por marearla.

–¿Estás bien? –él debía haberla seguido cuando, tras despedir a la feliz pareja, había regresado al interior para pedirle un vaso de agua a una camarera.

–Ha sido tan... –Georgie sacudió la cabeza–. Estoy bien. Estoy agotada, han sido unos días muy intensos. Jamás pensé que hubiera tantas cosas que hacer antes de una boda –sonrió con ironía–. Pensé que Felicity y yo podríamos pasar algún rato juntas. Ver el desierto...

–Hay demasiadas obligaciones –contestó Ibrahim–. Ven conmigo. Yo te enseñaré el desierto –señaló las escaleras con la cabeza y Georgie empezó a subir los peldaños.

Avanzaron por el pasillo hasta un balcón. Y allí, ante sus ojos, se extendía el desierto.

–Ahí está –señaló él con voz monótona–. Ya lo has visto.

Georgie soltó una carcajada. Le habían hablado del príncipe rebelde que odiaba el interminable desierto quien, según solía afirmar un irritado Karim, prefería pasar el tiempo en un abarrotado bar antes que buscar la paz que sólo podía proporcionar el aislamiento.

–¿Prefieres las ciudades? –preguntó ella en tono desenfadado. Sin embargo, él tenía la mirada fija en las oscuras sombras y no contestó–. Se parece al mar –al menos así se lo parecía, iluminado por la luz de la luna.

–Antes fue mar –le explicó Ibrahim–. Y algún día volverá a serlo... o al menos eso dicen.

–¿Dicen?

–Son historias que nos cuentan –él se encogió de hombros–. Yo prefiero la ciencia. El desierto no es para mí.

–Y sin embargo resulta fascinante –observó Georgie–. E intimidante –añadió tras un breve silencio–. Estoy preocupada por Felicity.

–Tu hermana es feliz.

Felicity, desde luego, parecía feliz. Se había enamorado de un atractivo cirujano, sin saber que era un príncipe. Era evidente que ambos estaban muy enamorados y encantados con el bebé que esperaban, pero Felicity aún echaba de menos su hogar y se esforzaba por ajustarse a las costumbres de su nueva familia.

–Quiere que me venga a vivir aquí con ella... para ayudarla con el bebé y todo eso.

–¡Puede permitirse una niñera! –exclamó Ibrahim, provocando la sonrisa de Georgie, que era de la misma opinión. Pero no era ése el único motivo por el que quería tenerla cerca.

–Quiere....

–Quiere cuidar de ti –intervino él.

Ibrahim ya había oído hablar de la hermana problemática. La que se había escapado de casa varias veces y había pasado la adolescencia entrando y saliendo de clínicas para desórdenes alimenticios. Karim se lo había advertido: Georgie era fuente de problemas.

–Felicity está preocupada por ti.

–Pues no hay motivo para ello –las mejillas de Georgie ardían. ¿Cuánto sabía ese hombre?

–Hubo un tiempo en que sí tuvo motivos. Estuviste muy enferma. Es normal que se preocupe –Ibrahim fue directo, aunque sin emitir ningún juicio.

–Estoy mejor ahora –se defendió ella–. Pero no consigo hacerle entender que ya no tiene motivos para preocuparse por mí. Ya sabes, cuando has tenido un problema, parece que todo el mundo contiene la respiración esperando que ese problema resurja. Como con esa sopa... –soltó una carcajada porque él había visto su gesto ante el plato–. Estaba fría.

–*Jalik* –le informó Ibrahim–. Pepino. Se supone que debe tomarse fría.

–Estoy segura que estará deliciosa una vez te acostumbras a ella. Yo lo intenté –insistió Georgie–, pero no pude acabármela. Incluso en el día de su boda, Felicity estaba pendiente de cada bocado que entraba por mi boca, al igual que mamá. No tiene nada que ver con haber sufrido algún desorden alimenticio, es que no me gusta la sopa de pepino.

–Me parece justo –asintió Ibrahim.

–Y por mucho que me muera de ganas por ver al bebé de mi hermana, por mucho que desee verme con-

vertida en tía, ¡no quiero ser una niñera! –admitió ella–.
Y eso sería para ellos si decidiera quedarme –añadió,
sintiéndose un poco culpable por expresar sus sentimientos en voz alta, pero también aliviada por haberlo
hecho.

–Tienes razón –admitió él–. Lo cual no estaría mal
si hubieras decidido trabajar como niñera. ¿Es tu caso?

–No.

–¿Puedo preguntarte cuáles son tus intereses?

–He estudiado masaje terapéutico y aromaterapia.
Me faltan un par de unidades y luego espero poder
montar mi propio negocio, y seguir estudiando.

Georgie continuó contándole sus sueños. Le resultaba muy fácil hablarle y le contó muchos más detalles
de los que había contado nunca a nadie. Le habló de
cómo quería tratar a otras mujeres, de cómo los masajes
y aceites la habían ayudado cuando nada más lo había
hecho. A diferencia de muchas personas, Ibrahim no se
burló de ella. Sin duda, y a pesar de no gustarle, era un
hombre del desierto y entendía algo de esos remedios.

Ibrahim también habló de cosas que jamás le había
confesado a nadie, como el motivo por el que no le gustaba el desierto.

–Se llevó a mi hermano.

Cuando Hassan y Jamal no parecían poder engen-
drar a un heredero, el frágil Ahmed había pasado a ser
considerado candidato a rey. Pero, en lugar de enfrentarse
a ello, Ahmed se había adentrado en el desierto para
morir.

–Felicity me lo contó –Georgie tragó saliva–. Siento
mucho tu pérdida.

Una tremenda pérdida. Ibrahim no lo soportó y cerró
los ojos, pero el viento le llevó un soplo de arena. El desierto seguía allí, y lo odiaba.

–También se llevó a mi madre.

–Tu madre se marchó.

–Es la ley del desierto –él sacudió la cabeza y miró la extensión de arena que tanto aborrecía sin poder apenas creerse la conversación que estaba manteniendo.

Se volvió hacia Georgie, dispuesto a retractarse, a despedirse. Pero los ojos azules lo miraban expectantes y la habitualmente sonriente boca se mostraba seria, y sintió que era capaz de continuar hablando.

–Un día estaba aquí y éramos una familia. Al día siguiente se había marchado y no se le permitía regresar. Hoy se ha casado su hijo y ella está en Londres.

–Debe ser horrible para ella.

–Nada comparado con perderse el funeral de Ahmed, o al menos eso me dijo cuando hablé con ella por teléfono esta tarde.

–Lo siento.

Ibrahim quería que le dijera que lo comprendía, para poder burlarse de ella

Quería que le dijera que sabía cómo se sentía, para poder rechazar su afirmación.

No quería que una mano sorprendentemente tierna le acariciara la mejilla. Pero ante el contacto sintió el deseo de apoyar el rostro contra la palma, de aceptar el sencillo gesto.

Él no sabía, sólo su terapeuta comprendería, lo determinante que había sido que su mano, por primera vez en la vida, instintivamente, se posara sobre un hombre. Georgie sintió la cálida brisa del desierto que pareció rodearles y lo único que deseaba era quedarse allí.

–Deberías marcharte –le aconsejó Ibrahim. Karim le había advertido sobre aquella mujer, advertido muy seriamente que no olvidara las costumbres de Zaraq mientras estuviera allí.

Y ella se marchó, dejándolo con la mirada fija en el desierto. Los dedos de la mano le ardían tras el breve contacto y su mente trabajaba aceleradamente.

—Dijiste que eran tediosos —Abby interrumpió los recuerdos de su amiga, unos recuerdos que había intentado suprimir—. No me lo había imaginado así en absoluto.

—Allí todo es diferente —contestó Georgie—. Las costumbres son diferentes, las normas...

No le apetecía el champán, no quería bailar con el hombre que se lo pedía, pero era la noche de Abby y no pudo negar que se estaba mejor allí dentro que en la calle. Ni por un segundo admitió ante su amiga que su mente vagaba en otro lugar, aunque hasta Abby parecía más interesada en Ibrahim que en el propio club.

—Volverás allí la semana que viene —le recordó Abby dándole un codazo—. ¿Estará él?

—Va lo menos posible —Georgie sacudió la cabeza—. Estuvo en la boda y regresó tras el nacimiento de Azizah, y acaba de regresar de allí. Volverá en unas semanas cuando nazca el futuro rey, y eso es mucho para él. Yo ya habré regresado para entonces y no volveré a verlo en años —tomó un trago de champán—. Bailemos.

Bailaron, se divirtieron y Georgie se portó como una buena amiga, quedándose hasta las cuatro de la mañana.

Aunque hubiera preferido estar en su casa.

Aunque hubiera preferido estar sola.

Para pensar en sus besos.

Para pensar en él.

Jamás se le había ocurrido que él pudiera sentirlo también.

Capítulo 2

ABANDONÓ el balcón, tal y como le había sugerido él.

Y lo dejó con la mirada fija en el desierto.

Ibrahim no debería haberse dado la vuelta, ni ella tampoco.

Ibrahim no debería haberse dado la vuelta porque estaba furioso, herido por el desierto. Porque, al darse la vuelta, al verla mirándolo, reconoció una familiar escapatoria.

No debería haberse acercado a ella sino regresar a sus aposentos, descolgar el teléfono y solicitar un placer seguro. Había mujeres elegidas para dar placer a un príncipe o un rey. Esas mujeres, le había advertido su padre, eran la única opción para él en Zaraq.

Eran mujeres hermosas y en más de una ocasión le habían satisfecho plenamente. Sin embargo, esa noche sus ojos estaban llenos de la arena del desierto y en su alma reinaba la oscuridad. Aún sentía en la mejilla la sensación de su piel. Además, nunca le habían importado las normas y en ese momento eligió no respetarlas.

Y se acercó a ella.

Ella esperó.

Habría podido marcharse, pero no lo hizo. La habitación estaba a su espalda, pero eligió no huir. Se enfrentó al terror y la belleza del hombre que se acercaba y tuvo que luchar para no correr hacia él. No había lógica en todo aquello. Sólo la locura podría explicarlo, o la electricidad en el aire, una conexión invisible. En cualquier caso lo deseaba, pues cuando él la tomó en sus brazos y agachó la cabeza, ella se mostró dispuesta y deseosa de sentir esa deliciosa y arisca boca sobre la suya.

Como en ese mismo instante.

Una boca que sabía a humo y whisky pero también a hombre.

Ella nunca había disfrutado con los besos como tampoco había disfrutado nunca con el sexo. Sin embargo, en brazos de ese maestro, acariciada por sus labios, Georgie cambió de idea. Los labios de Ibrahim presionaban con fuerza los suyos y la mandíbula le arañaba la piel, pero en el centro encontró un húmedo alivio mientras la refrescante lengua le hacía arder. Y las manos eran igual de habilidosas que los labios, liberando la trenza y dejando que los rubios cabellos cayeran sueltos para poderlos acariciar. Olía igual que cuando habían bailado en la pista de baile, como si acabara de salir de la ducha y se hubiera rociado de colonia.

Georgie deseaba besarlo eternamente y le acarició los oscuros cabellos mientras las manos de Ibrahim se deslizaban por su cintura. Y justo cuando pensaba que aquello no podría ser mejor, la besó con tal intensidad que estuvo a punto de caerse. Pero no lo hizo, porque él la sujetaba contra la pared.

Y entonces lo sintió.

Mientras era sometida por su boca, y la erección que presionaba fuerte contra ella, Georgie sintió la promesa en el musculoso cuerpo, vio un destello del delicioso lugar al que se encaminaban. Siempre se había apartado de ese camino, pero aquella noche no tuvo ganas de huir. Podrían haber estado en Perú, o en una parada de autobús, en cualquier parte, pero no importaría porque estaba completamente perdida.

Era Ibrahim quien tenía el control, pues se paró, apartó ligeramente la noble cabeza y la miró como ningún hombre, ninguna persona, ningún alma, había mirado jamás. La miró a los ojos con tal intensidad que Georgie sintió deseos de hundirse en aquella belleza.

–Ven...

Ibrahim le agarraba la mano e iba a llevarla a su cama. La guiaría y, en unos instantes, la tomaría, pero Georgie sentía tal deseo que no podía esperar, incapaz de subir siquiera un peldaño si eso retrasaba el momento que tanto anhelaba. Estaba fuera de control y, por primera vez, le gustó, porque con él se sentía segura.

–Aquí... –el dormitorio estaba justo a su espalda y quiso encontrarse allí con él, a salvo y a la vez en peligro.

Pero Ibrahim era un príncipe. Su semilla era tan preciosa, y las órdenes recibidas estaban tan arraigadas en su interior, que dudó.

–Necesitamos...

Sus aposentos serían mejores. Allí había cajones regularmente abastecidos en previsión de las mujeres que acudían a entretener al joven príncipe, pero en las habitaciones para invitados no habría nada.

Y lo necesitaban. Georgie se sintió halagada ante la consideración del príncipe, pero su mente trabajó a toda prisa y halló la solución.

–Tengo algunos –exclamó alegremente mientras daba gracias a los dioses por la equivocación de la máquina expendedora del aeropuerto de Heathrow que, en lugar del colutorio solicitado, le había entregado un paquetito que no había deseado... entonces.

En la mente de Ibrahim colisionaron dos mundos.

El que hubiera ido preparada quizás sería motivo de admiración en Londres, pero no allí.

Sin embargo, recordó que él no pertenecía a aquel lugar.

Las normas no se le aplicaban.

¿Por qué dudaba?

¿Qué importancia tenía?

No la tenía, se dijo mientras entraban en la habitación de la joven y, cuando la besó de nuevo, ya no tuvo que decirse nada más porque sencillamente no importaba...

Sí importaba.

Para Georgie había algo que sí importaba.

Cerró los ojos e intentó disfrutar del beso sin pensar en ello. Intentó olvidar y dejarse acariciar por la ardiente lengua.

Una lengua ardiente e inquisitiva. Tras besarla hasta llegar a la cama, Ibrahim le bajó los tirantes y deslizó esa lengua por el pecho mientras con las manos levantaba el odioso vestido, aunque no del todo porque tenía las caderas tan pegadas a él que la prenda se atascó. La situación era urgente y desesperada, y completamente deliciosa. Y el cuerpo de Georgie respondió como si lo hubiera estado esperando. Tironeó de la chaqueta y la camisa mientras la boca se deslizaba de los negros cabellos a la oreja y las manos le acariciaban la espalda. Los zapatos de tacón rasgaron los pantalones de seda al entrelazarse sus piernas y ella deseó que el calor de sus cuerpos pudiera fundir tanta ropa.

Importaba.

No podía ignorarlo, ignorar sus extraños principios. Arrodillada sobre la cama, se levantó el vestido mientras Ibrahim agachaba la cabeza. No sabía si le importaría a él, pero...

—No podemos —exclamó Georgie.

—Sí podemos —a Ibrahim le divertía el juego y esa fingida reticencia.

Le gustó la repentina timidez y le acarició el estómago con sus labios.

—No puedo.

—Sí puedes —susurró él mientras tiraba de las braguitas y apartaba las manos que intentaban impedírselo.

—Ibrahim... por favor.

Ibrahim al fin comprendió que no se trataba de un juego. O que había estado jugando a un juego muy peligroso, porque no podría haber estado más cerca. Aún estaba duro y bastante enfadado y, por un momento no le gustaron sus propios pensamientos. Se apartó de ella y contempló sus ropas rasgadas mientras sentía los arañazos que las uñas le habían hecho en la espalda. Y la acribilló con la mirada.

—Lo siento... —Georgie se preguntaba cómo iba a explicárselo—. No soy así.

—Tu fingida timidez la dejaste atrás en el pasillo.

—Yo no he...

—No pretendas hacerme creer que eres virgen —bufó él—. Una virgen que lleva preservativos.

—No lo soy —aparte de no serlo, no estaba dispuesta a explicarle el capricho de los dioses con esa máquina expendedora—. No pretendía excitarte.

—Sí lo pretendías —contestó él—. Cada instante. Ya no estaba duro sino enfadado. Le habían advertido sobre ella y debería haber escuchado—. ¿Cuáles son tus intenciones, Georgie? —de repente se le ocurrió—. ¿Estás celosa de tu hermana mayor? ¿Tú también quieres un marido rico? —se burló con una oscura sonrisa—. Pues te voy a dar un consejo, a los hombres les gusta el lote completo.

Georgie también estaba enfadada, consigo misma y con él por no permitirle explicarse. Y se sentía avergonzada, una mala combinación pues le hizo contestar con dureza.

–¿Quieres decir que mañana por la mañana aún me amarías? –contestó a su propia pregunta–. Ni en sueños –era un bastardo, un playboy y ella había estado jugando con fuego desde el principio. Debería haberlo sabido.

Sin embargo, sus miradas se fundieron y surgió una pequeña chispa. Un destello de lo que les podría haber deparado el mañana. Un mañana que habían perdido.

–No volvería a tocarte aunque me lo suplicaras de rodillas –Ibrahim estaba furioso–. Te diré lo que eres... –añadió profiriendo un insulto que no necesitó ninguna traducción y que escupió mientras abandonaba la habitación.

Georgie se tapó la boca con una temblorosa mano. ¿Cómo podía explicarle por qué había importado?

Ella no buscaba un marido.

Porque ya tenía uno.

Capítulo 3

NO REMITIÓ.

Ibrahim Zaraq cabalgó a lomos de su caballo campo a través a velocidad de vértigo. A pesar de los caminos y campos que se extendían ante él y le permitían ejercitar su pasión, aquella mañana, y no por primera vez, se sentía confinado.

Londres había supuesto una liberación para él, pero mientras frenaba al animal y le daba una palmadita en el cuello, deseó espolearlo de nuevo. Deseaba galopar otra vez, ir más lejos, más rápido, sin tener que seguir una pista y luego dar media vuelta.

Allí, en el cinturón verde que rodeaba la ciudad, disfrutando del aire frío de la mañana, el desierto lo llamaba, tal y como le había vaticinado su padre.

Y aunque Ibrahim se resistía, lo sentía de nuevo.

Sentía la necesidad hacia unas tierras a las que supuestamente pertenecía y, por un momento, se dejó llevar.

—Te encantaría aquello —le habló en árabe a su caballo, un animal que golpeaba rabioso las paredes del establo, que daba vueltas en su reducido cubículo y mordía a cualquiera lo bastante incauto como para acercarse—. Allí —continuó— podrías correr hasta la extenuación.

De nuevo Ibrahim lo vio en su mente: las interminables dunas, el nuevo paisaje que el desierto proporcionaba cada mañana. Y también sintió la arena en las mejillas, el pañuelo sobre la boca, la fuerza entre los muslos de un caballo sin ensillar.

Y sin embargo su vida estaba en Londres.

Una vida que él había construido, un negocio y una riqueza que no llevaba implícita ninguna norma, porque las había creado él y eran suyas. Su madre, que tenía prohibido el regreso a Zaraq por haber quebrantado las normas en una ocasión, también estaba allí.

—Ya me ocupo yo, Ibrahim —una joven empleada del picadero, con la que en ocasiones se acostaba, tomó las riendas del caballo.

Ibrahim vio la invitación reflejada en sus ojos y pensó que quizás le vendría bien. Retiró la silla y observó cómo la chica acariciaba al enfurecido animal y lo cubría con una manta. Al admirar las esbeltas piernas de la muchacha, quiso sentir algo, pues resultaría más sencillo apagar la hoguera que sentía arder en el interior con su solución favorita.

—¿Hay algo más que pueda hacer por ti? —esperanzada, hermosa, disponible, la joven se volvió hacia él.

Cualquier otro día, la respuesta habría sido «sí».

Pero ese día no.

Ni la noche anterior.

Tras el encuentro con Georgie, había dado instrucciones al chófer para que se dirigiera a casa de la joven que lo había acompañado al club, y había rechazado su ofrecimiento.

—Vamos a la cama, Ibrahim —la boca y las manos se habían movido al unísono para persuadirle, pero Ibrahim la había rechazado. Las lágrimas tampoco surtieron efecto y al final se desató su ira—. Es por esa mujer del club, ¿verdad?

—No —había contestado Ibrahim con frialdad—. Es por ti.

—¿Ibrahim? —la chica de las caballerizas sonrió en esos momentos mientras la mirada del príncipe se posaba en sus pechos, firmes y bonitos.

Después se fijó en la melena suelta y se dio media vuelta porque, aunque la joven tenía los cabellos oscuros, eran largos y espesos, y su cuerpo también era delgado. Ibrahim era consciente de haber estado pensando en ella.

En Georgie.

No quería pensar en ella y su mente se centró en el desierto.

Apresuró la marcha. Las botas de montar resonaban en el patio. Acudiría a su residencia el fin de semana pues sabía que si permanecía en Londres, acabaría llamando a Georgie. No le gustaba dejar nada sin terminar, no le gustaba que lo rechazaran y verla de nuevo no había hecho más que reavivar el fuego. Sin embargo, lo último que necesitaba eran más problemas con la familia. El campo sería una buena opción, allí encontraría espacio para montar. Sin embargo, al sentarse al volante de su coche deportivo, miró la pantalla del navegador y tuvo la sensación de estar contemplando un mapa aéreo. Veía los campos, las casas, los setos, los árboles, los caminos...

Su padre y sus hermanos habían estado en lo cierto al decir que, algún día, el desierto lo llamaría.

El rey había dejado marchar a su hijo con sorprendente facilidad para que estudiara ingeniería, confiando en que, cuando llegara la hora, regresaría.

—Por supuesto que volveré —le había asegurado con arrogancia un joven Ibrahim al terminar el servicio militar, dispuesto a marchar a Londres.

—Volverás como príncipe real para compartir tus nuevos conocimientos, y tu país te estará esperando.

–No –Ibrahim había sacudido la cabeza–. Volveré únicamente para algún acto oficial y, por supuesto, para visitar a la familia... –al ver que su padre no parecía comprender, se lo había aclarado–. Mi vida estará en Londres.

–Ibrahim –su padre había sonreído–, vas a estudiar ingeniería. No olvides todos los planes que tenías para nuestro país cuando eras niño, todo lo que ibas a hacer por el pueblo.

–Era un niño.

–Y ahora eres un hombre. Podrás convertir tus sueños en realidad. Cuando llegue el momento, regresarás al lugar al que perteneces –al ver que Ibrahim ponía los ojos en blanco, el rey había sonreído–. Está en tu sangre, en tu ADN. Puede que no quieras escuchar a tu padre, pero el desierto te llamará. Y no podrás ignorarlo.

Pero él quería ignorarlo.

Durante años lo había conseguido, pero todo había cambiado al regresar para la boda.

Ibrahim pisó el acelerador y salió de la ciudad rumbo al campo. Derrapó en las curvas y aceleró para salir de ellas. La paciencia de su padre se estaba acabando, el futuro lo aguardaba y él siguió acelerando hasta casi quedarse sin gasolina.

–Sople hasta que le diga que pare –ordenó el policía que le hizo parar. Ibrahim obedeció e incluso vació los bolsillos y le permitió al agente inspeccionar el maletero. Los ojos del hombre reflejaron sospecha al comprobar que todo estaba en orden–. ¿Adónde iba con tanta prisa? –preguntó. Estaba harto de tanto niño rico y aristócrata que pensaba que las normas no habían sido escritas para ellos.

–No lo sé –contestó el príncipe.

Normalmente el policía se habría enfurecido y habría hecho una segunda inspección al vehículo, sólo para hacerle esperar, pues la multa no significaría nada para él. Pero había algo en la voz de ese joven que le hizo dudar. Cierto tono de confusión en su arrogancia.

–Lo siento –se disculpó Ibrahim–. Siento no haber respetado sus leyes.

–Están para protegerle.

Ibrahim cerró los ojos. Salvo por el idioma, esas palabras, eran las mismas que había escuchado una y otra vez durante su infancia, adolescencia y edad adulta.

–Se lo agradezco –contestó tras abrir los ojos–. Y de nuevo le pido disculpas.

–¿Va todo bien, señor? –preguntó el preocupado agente.

–Todo va bien.

–Por esta vez le dejaré marchar con una advertencia.

Ibrahim habría preferido la multa.

Hubiera preferido pagar la deuda, aceptar el castigo. No tenía nada que ver con el hecho de que pudiera permitírsela o no. No quería favores.

De nuevo al volante del deportivo, condujo con precaución, incluso cuando el coche de policía hubo desaparecido de su vista. Durante todo el trayecto de regreso a Londres respetó los límites de velocidad. Giró al llegar a una bonita calle, pero no miró las elegantes casas de tres plantas sino las vallas que las bordeaban y los floridos setos. Pasó ante una casa y luego otra, pero no se sentía capaz de entrar.

De haber estado el policía detrás de él le habría parado de nuevo, pues Ibrahim realizó un giro prohibido y reprogramó el navegador. Había tomado una decisión.

Escaparía del sistema de una vez por todas.

El futuro rey nacería en unas semanas y no quería verse atrapado en todo aquello. Cabalgaría junto al mar y en el desierto durante unos días, oiría lo que su padre tuviera que decirle y luego regresaría a Londres.

A casa, se corrigió.

A pesar de lo que decía su padre, su hogar estaba en Londres.

Sólo necesitaba asegurarse de ello.

Volvió a pensar en Georgie y en el asunto sin terminar. En una mujer que no quería el desierto, que llevaba demasiado tiempo poblando su mente. Y tomó otra decisión... iría al desierto una última vez y regresaría. Y entonces, a lo mejor, la llamaría.

Capítulo 4

GEORGIE se peinó los rubios cabellos. Después sonrió al aplicarse el bálsamo labial. Ni siquiera la perspectiva del largo vuelo podía empañar un mundo, de repente, mejor.

Haber obtenido el divorcio aquella misma mañana quizás no debería ser motivo de satisfacción, y un matrimonio que había sido un error quizás no debería ser motivo de agradecimiento, pero le había enseñado mucho.

Aunque lo había abandonado hacía años, escasas semanas después de la boda, el hecho de que hubiera terminado oficialmente había supuesto un alivio.

Era libre.

Su único pesar era que no hubiera sucedido antes, que el sentido de moralidad que le impedía acostarse con alguien, incluso con el divorcio en ciernes, le hubiera apartado de Ibrahim aquella noche.

Cerró los ojos y se dijo que no debería pensar en ello. Era un camino que ella misma había elegido. Su enfermedad, los abusos de su padre, un matrimonio que había parecido una vía de escape, sería demasiado fácil de contemplar con remordimiento, y aun así había aprendido mucho de todo aquello. Se había convertido en una mujer fuerte, confiada, que se conocía bien a sí misma, porque había decidido aprender, en lugar de lamentarse, de sus errores. El camino, aunque difícil, para Georgie había sido el correcto. La culpa y el remordimiento ya no la gobernaban. Quería hablar con Felicity y agradecerle su apoyo durante los años difíciles. Seguía indecisa, pero quería hablarle a su hermana de Mike, aclarar el pasado y preparar el camino para un glorioso futuro.

La disculpa de Ibrahim también la había ayudado.

Por supuesto que volver a verlo le había resultado inquietante, pero su disculpa había sido como la señal de que el capítulo estaba cerrado y que había llegado la hora de seguir adelante.

Sin remordimientos.

El billete de avión que le había enviado su hermana le permitía ahorrarse las tediosas colas de Heathrow. Al principio se sintió incómoda sentada en primera clase, pero mientras bebía el champán a sorbos y comprobaba su correo electrónico, empezó a relajarse. Sin darle más vueltas aceptó las delicadezas que le ofrecían y en su rostro se dibujó una inmensa sonrisa al pensar en lo lejos que había llegado. Ya no había más calorías que contar para llegar a los objetivos. No había más castigos por ceder al placer, sólo el dulce sabor de un pastel de pistacho que se derretía en su boca. No necesitaba avión para ir a Zaraq. Estaba tan eufórica que podría haber volado únicamente con su felicidad. Al fin habían acabado los días oscuros, la búsqueda del alma, la introspección. La agonía de la curación había quedado atrás. Estaba preparada para seguir adelante, aunque el avión no lo estuviera.

Un poco nerviosa ante la idea de volar, sacó un frasquito de aceite de melisa del bolso y se aplicó unas gotas en las sienes. La azafata le ofreció otra bebida, pero la rechazó.

—¿Cuándo despegamos? —acostumbrada a la clase turista, Georgie casi había esperado recibir una respuesta brusca, pero luego recordó que iba en primera.

–Sentimos el retraso –la auxiliar de vuelo sonrió–, pero esperamos a un pasajero de última hora. No debería tardar mucho...

Incluso en primera clase reinaba la ley del más fuerte, pues la azafata se interrumpió y las mejillas se le oscurecieron. Georgie, que ya no era el objeto de la atención de la mujer, desvió la mirada hacia donde ella miraba y estuvo a punto de sufrir un infarto.

–Alteza –la azafata hizo una reverencia, incapaz de ocultar su confusión.

El pasajero vestía unos pantalones blancos salpicados de barro y una sudadera negra. Su semblante reflejaba una inquietud y una salvaje energía que parecía haberse transmitido al avión. No saludó a la azafata ni miró hacia el asiento ocupado por Georgie. Caminaba con tal determinación que parecía dirigirse directamente a la cabina para pilotar el aparato. Sin embargo, en el último momento hizo un giro. En efecto, hasta en primera clase había clases, pues el recién llegado disponía de su propia suite en el avión. El personal de vuelo se reunió para comentar su aparición y unos minutos después una de las azafatas se dirigió a la suite con una botella de brandy.

Georgie sintió ganas de ponerse en pie. Quería que el avión dejara de correr a toda prisa por la pista de despegue, pues no soportaría estar allí dentro con él.

Ni siquiera notó que habían despegado, ni que le hubieran servido la cena.

–¿Va todo bien, señorita Anderson? –preguntó la azafata al retirar la bandeja intacta.

Georgie asintió, demasiado aturdida para contestar o para comer. La idea de encontrarse de nuevo en el palacio con él, de estar tan cerca, le disparaba los nervios.

Había hecho todo lo posible para asegurarse de que no estuviera allí, preguntándole disimuladamente a su hermana por sus movimientos. Ni siquiera le había dado una pista cuando se habían visto en el club.

Claro que ella tampoco.

Quizás hubiera surgido alguna emergencia. Su padre había estado enfermo recientemente. ¿Qué otro motivo podría tener para embarcar en el avión vestido así? Aunque a lo mejor era así como vivían los ricos. Quizás le disgustaba tanto volar que no se había dado cuenta de que llevaba puestas las botas de montar. A lo mejor había pasado directamente del caballo al avión... Sin embargo, cuando poco después se levantó para ir al lavabo, vio salir de la suite a una azafata con una bandeja con la comida intacta. Antes de que se cerrara la puerta, Georgie consiguió ver fugazmente a Ibrahim. Estaba tumbado, sin las botas, sobre la cama, sin afeitar y profundamente dormido.

La imagen se le quedó grabada en la mente.

Era la viva imagen de la angustia.

Aunque dormía, su rostro no estaba relajado y la boca estaba claramente tensa. Incluso mientras descansaba parecía inquieto. Pero lo más preocupante era el deseo de la propia Georgie de averiguar qué le sucedía.

Había soñado con la lujosa cama de la que disponían los pasajeros de primera clase. Soñado con poder estirarse y dormir. Sin embargo, tenerlo tan cerca, se lo impidió.

–¿Necesita algo? –le preguntó en innumerables ocasiones la azafata.

Y en cada ocasión, Georgie se mordió el labio para no contestar la verdad.

«Lo necesito a él», quería responder. «¿Podría traérmelo?».

El vuelo hizo escala en Abu Dhabi y Georgie aprovechó para estirar las piernas. Se había preparado para verlo cara a cara y había reflexionado sobre lo que le diría. Pero Ibrahim decidió quedarse en el avión y ella pudo relajarse viendo cómo subían un enorme oso de peluche al avión. Tras despegar por segunda vez, pudo al fin dormirse, aunque sin descanso, pues sus sueños estuvieron repletos de él.

–Señorita Anderson, ¿le gustaría desayunar antes de prepararnos para el aterrizaje? –la azafata la despertó.

Georgie asintió con una ligera sensación de culpa. Su hermana desconocía el breve matrimonio y al reservarle el billete de avión, lo había hecho con su apellido de soltera.

Miró por la ventanilla y se deleitó con la visión de las maravillosas aguas azules mientras el avión se inclinaba ligeramente, permitiéndole ver las primeras imágenes de Zaraq, el infinito desierto de arenas doradas que daba paso a los pueblos, también del color de la arena, y a los edificios coronados por cúpulas. Sin embargo, el palacio que sería su hogar durante los siguientes días no fue lo que le llamó la atención sino los rascacielos de la capital, Zaraqua. De los edificios surgían piscinas y puentes que parecían estar suspendidos en el aire y se maravilló ante el impresionante diseño mientras intentaba no adivinar la reacción de Ibrahim cuando se bajaran del avión y al fin se vieran las caras.

Pero él no desembarcó.

Durante unos minutos, se preguntó si la presencia de Ibrahim en el vuelo no habría sido producto de su imaginación, pues no le había visto en ningún momento.

–¡Georgie! –exclamó Felicity.

Tenía un aspecto estupendo. Al ser una mujer casada no tenía obligación de llevar velo y estaba guapísima con su traje de pantalón de lino blanco. Llevaba los cabellos muy largos y resplandecía de salud y felicidad.

Sin embargo fue la pequeña Azizah, de unos pocos meses de edad, la que cautivó a su tía desde el primer instante. Había heredado los cabellos rubios de su madre y los ojos negros de su padre. Karim y Felicity la habían llevado al Reino Unido de visita cuando tenía unas pocas semanas de edad, pero en aquellos momentos ya era toda una personita y, para Georgie, fue amor a primera vista.

—Es preciosa —observó la orgullosa tía mientras la llevaba en brazos hacia la sala VIP—. Me muero de ganas por jugar con ella. ¿Dónde está Karim?

—Está aquí. Hace un par de horas recibió una llamada de las líneas aéreas. Al parecer su hermano iba en el mismo vuelo que tú. Ha ido a recibirlo.

—Me pareció verlo —contestó Georgie con cautela—, aunque él no me vio. ¿Va todo bien?

—Por supuesto —contestó Felicity—. ¿Por qué lo preguntas?

—Por nada. Es que me preguntaba si habría venido por alguna emergencia. Parecía... —su voz se apagó y decidió no decirle nada a su hermana. Felicity ya se daría cuenta ella sola.

—Puede que Karim tenga que marcharse en cuanto lleguemos a casa —continuó su hermana—. Hay una emergencia sanitaria con los beduinos. Ya sabes cuánto se preocupa por ellos.

—¿Todavía trabaja en las clínicas móviles?

—¡Calla! —susurró Felicity. Nadie, ni siquiera el rey, estaba al corriente de la implicación de Karim con la población local—. Te lo contaré después. Sólo quería que comprendieras que si debe ausentarse repentinamente... no quiero que pienses que no está encantado con tu visita —una amplia sonrisa iluminó su rostro—. ¡Ahí vienen!

Karim y su hermano entraron en la sala y Georgie se

alegró de no haber compartido sus inquietudes con Felicity, pues habría quedado como una mentirosa. Ibrahim parecía cualquier cosa menos preocupado y desaseado. Iba recién afeitado y vestido con un traje de lino y gafas de sol. Tenía el aspecto típico de un pasajero de primera clase mientras avanzaba con un enorme oso de peluche rosa bajo el brazo. Al verla a ella, no obstante, su mandíbula se tensó, aunque Felicity no pareció darse cuenta.

–Gracias, Ibrahim –Felicity tomó el peluche–. Habrás tenido que reservar un asiento para él.

–¡Georgie! –Karim besó a su cuñada en la mejilla–. No sé si te acordarás de Ibrahim...

–Por supuesto –Georgie sonrió, aunque no fue correspondida de inmediato. Las gafas de sol ocultaban los ojos de Ibrahim y no pudo leer su expresión.

–No sabía que fueras a venir –dijo al fin tras forzar una sonrisa–. Me alegra de veros a todos aquí, pero no era necesario venir a recibirme. Sólo voy a hacer una visita breve.

–¡Esto no es por ti! –rió Felicity–. Hemos venido a recibir a Georgie... ibais en el mismo vuelo.

Georgie estuvo completamente segura de que el príncipe había palidecido y, aunque no veía sus ojos, sabía que era alarma lo que se reflejaba en ellos.

–¿En serio? –respondió Ibrahim–. ¿Por qué no me saludaste? –añadió con educación.

–En realidad no te vi –mintió ella con la misma educación–. Oí a la azafata comentar que ibas a bordo. Siento mucho haber sido tan descortés.

–No te disculpes –la voz del príncipe estaba impregnada de cierto tono de alivio e incluso se permitió dedicarle una sonrisa–. Pero la próxima vez, ven a saludarme.

El chófer llegó e intercambió unas breves palabras con Karim.

—¿A qué esperamos? —preguntó Felicity.

—El equipaje de Georgie ya está en el coche, pero el de Ibrahim aún no ha salido.

—*Lā Shy* —exclamó Ibrahim.

—¿No traes equipaje? —Felicity, que debía estar aprendiendo el idioma local, frunció el ceño.

—Sólo un bolso de mano —sostuvo en alto una pequeña bolsa que Georgie estuvo segura de que no llevaba con él al embarcar.

El trayecto en coche fue breve y la conversación agradable, aunque sólo hablaron Felicity y Georgie.

Llegados al palacio, Ibrahim mantuvo una apresurada charla con su familia antes de excusarse con una descarada mentira.

—No he podido dormir en el avión.

Georgie al fin pudo relajarse un poco al verlo marchar y, después de que Felicity hubiera dado de mamar al bebé, tomó a su sobrina en brazos.

—Es increíble.

—¡Sobre todo sus pulmones! —intervino Karim—. La mitad del palacio se ha despertado a las cuatro de esta mañana.

—Tenía abierta la terraza para que entrara un poco de aire —Felicity rió y Georgie se maravilló ante los cambios experimentados en su hermana. Siempre se había mostrado tensa y estricta, pero en esos momentos reflejaba serenidad y su rostro resplandecía cada vez que miraba a su esposo—. De todos modos, pronto Azizah no será la única en alterar la vida en palacio.

—¿Cuándo nacerá el bebé de Jasmine? —preguntó Georgie.

–Jamal –le corrigió su hermana–. Le quedan cinco semanas y me muero de ganas.

–¿La que habla es la tía o la comadrona? –inquirió Georgie.

–Ambas –admitió Felicity.

Por mucho que su hermana fuera princesa, por mucho que viviera en un lejano palacio, seguía siendo Felicity, su hermana mayor, la persona a quien Georgie más amaba en el mundo. Karim tuvo que ausentarse, pero las chicas apenas lo notaron. Tenían que ponerse al día y seguían hablando cuando ya se había hecho de noche y todos se hubieron retirado a sus aposentos. Estaban en un salón sorprendentemente sencillo. Las ventanas abiertas permitían la entrada de una agradable y fragante brisa, y Felicity tenía a su lado el intercomunicador para oír al bebé. De algún modo, Georgie encontró las palabras para hablarle a su hermana del matrimonio que había tenido lugar más de tres años antes, un matrimonio que muy pronto se había evidenciado como un error.

–Estás disgustada –Georgie lo notó enseguida.

–No –Felicity sacudió la cabeza–. No lo sé. Entiendo que sintieras la necesidad de marcharte de casa, pero me entristece que no me lo contaras.

–Tenía la sensación de que no se lo podía decir a nadie –admitió Georgie–. Ninguno de mis amigos lo sabe. Pensé que Mike... parecía tan agradable, tan maduro –miró a su hermana–. Pero resultó ser un déspota, como papá, salvo que llevaba traje y, en lugar de cerveza, bebía whisky. Sólo tardé unas semanas en darme cuenta. Tuve suerte...

–¿Suerte?

–Muchas mujeres no la tienen. Yo salí enseguida de aquello. El papeleo y los formalismos legales sólo llevaron un par de años, y luego otro año más hasta la sentencia. La recibí mientras me preparaba para venir aquí. Al fin soy libre.

—Llevas años siendo libre —observó Felicity.

Georgie no intentó explicarle sus sentimientos. Cómo sus principios le habían condicionado, cómo no se había sentido libre para salir con nadie hasta tener el divorcio, lo cual, en muchos aspectos había sido lo más saludable para ella. Le contó que el tiempo le había enseñado que no necesitaba un hombre. Ya tenía todo lo que necesitaba.

—No se lo digas a mamá.

—¡Claro que no! —respondió Felicity de inmediato—. Y tú no hables de ello aquí. No lo entenderían.

—Prométeme que no se lo contarás a nadie.

La conversación fue interrumpida cuando las luces de unos faros inundaron la estancia. El motor de un coche sonó, seguido de parloteo y risas y una puerta que se cerraba. Después se oyeron ruidos de pisadas en las escaleras. Felicity apretó los labios con fuerza.

—Qué poco considerado. La última vez que estuvo aquí hizo lo mismo —de repente sonó un aullido en el intercomunicador y Felicity se levantó para dirigirse a su cuñado que hablaba en voz muy alta con una somnolienta doncella.

—Has despertado a Azizah.

—No lo creo —contestó él sin turbarse—. Puede que me equivoque, pero en alguna parte he leído que los bebés se suelen despertar en medio de la noche.

El sarcasmo encajaba tan bien con ese hombre que Georgie no pudo evitar reír tímidamente. Sin embargo, él ni siquiera la miró mientras se dirigía nuevamente a Felicity.

–Lo siento si la he despertado... siempre me olvido de que ahora hay un bebé en palacio.

–¡Y pronto habrá dos! –exclamó su cuñada–. Será mejor que empieces a recordarlo.

–No hará falta. Vuelvo a Londres dentro de un par de días –mientras Felicity se dirigía a la habitación de su hija, Ibrahim se volvió hacia Georgie–. No esperaba verte aquí –la saludó con frialdad–. No mencionaste que fueras a venir.

–Ni tú tampoco –le señaló Georgie.

–¿Qué tal te resultó el vuelo? –algo en su expresión daba a entender que le preocupaba el que ella lo hubiera visto, que supiera que el elegante y distinguido hombre que había desembarcado en Zaraq no había sido el mismo que despegó de Londres.

–Estupendo –Georgie decidió no añadir nada más.

Ibrahim no intentó rellenar el incómodo silencio que se hizo y se dirigió sin más a un sofá mientras la doncella le servía una copa. Georgie no sabía qué decir y respiró aliviada cuando su hermana la llamó desde lo alto de la escalera.

–¡Georgie! ¿Podrías echarme una mano con Azizah?

–Te deseo buenas noches –se despidió sin recibir respuesta de Ibrahim, quien sí hizo un gesto de desagrado cuando Felicity volvió a llamar a su hermana al considerar que no se había apresurado lo suficiente. Al pasar junto a él, le tomó la mano.

–Para eso están las doncellas.

Georgie contempló los largos dedos enroscados alrededor de su pálida muñeca y deseó que la soltara, deseó que no le mirara el rostro ruborizado.

–Dile que te estás tomando una copa conmigo.

–Me gusta ayudar a mi hermana con Azizah.

–¿A la una de la madrugada? –exclamó Ibrahim–.

¿Estás disponible para ella a cualquier hora de la noche? —observó cómo el rostro de la joven adquiría un tono carmesí y sintió el enloquecido pulso que martilleaba bajo sus dedos. Y en ese instante casi pudo perdonarla por haberlo rechazado—. Quédate conmigo —no fue una súplica sino un desafío.

—He venido aquí para estar con mi hermana y mi sobrina.

Él le soltó la muñeca y Georgie abandonó el salón para unirse a Felicity que amamantaba al bebé.

—¿Por qué has tardado tanto? —preguntó su hermana.

—Estaba charlando con Ibrahim —contestó ella en tono despreocupado.

—¿Por qué? —la voz de Felicity también estaba impregnada de un tono de desafío.

—¿Y por qué no?, tenía que elegir entre charlar con un hombre guapísimo o ver cómo mi hermana daba el pecho.

Para su alivio, Felicity sonrió.

—Me preguntó qué tal había sido el vuelo y yo le deseé buenas noches.

—Mantente alejada de él —le advirtió Felicity—. Sólo te creará problemas. He visto cómo trata a las mujeres, te comerá viva y luego escupirá los huesos.

—¡Sólo nos estábamos deseando buenas noches! —rió Georgie.

—Es muy arrogante —su hermana no cedió—. Aparece sin avisar y espera que todos estén pendientes de sus deseos mientras se pasea despreocupadamente por el palacio.

Georgie estuvo a punto de interrumpir a su hermana para contarle que, en el avión, no le había parecido precisamente despreocupado, pero decidió no hacerlo, consciente de que Ibrahim no querría que compartiera esa información con nadie.

–Es un niño mimado –continuaba Felicity–. Demasiado acostumbrado a salirse siempre con la suya, aunque no será así por mucho más tiempo.

–¿A qué te refieres? –preguntó Georgie.

–Ya he hablado demasiado –Felicity sacudió la cabeza.

–¡Soy yo! –le señaló ella–. Y dado lo que te he contado hace un rato...

–De acuerdo –la hermana mayor se ablandó aunque, como buena paranoica, comprobó varias veces el intercomunicador para asegurarse de que estuviera apagado y aun así habló en un susurro–. El rey está harto. Karim me ha dicho que va a hablar con Ibrahim mañana. Quiere que regrese a Zaraq. Se suponía que iba a instalarse en Londres para estudiar ingeniería y luego regresar aquí, pero ya ha terminado sus estudios y no da ninguna señal de que vaya a volver. Trabaja desde allí e insiste en que quiere continuar estudiando, pero el rey lo quiere aquí.

–¿De modo que va a cortarle el grifo? –Georgie se esforzó por aparentar naturalidad.

–Ya lo intentó hace un par de años –Felicity suspiró–. Pero Ibrahim se asoció con uno de los más importantes arquitectos de Zaraq. Una gran parte de los impresionantes rascacielos que tenemos se deben al brillante cerebro de mi cuñado. Ibrahim no necesita ningún apoyo económico.

–Entonces, ¿cómo va a impedir el rey que siga con su vida? –preguntó de nuevo Georgie–. Si Ibrahim no quiere vivir aquí, ¿cómo puede obligarle su padre?

–Su padre es el rey –señaló Felicity–. Y él, al fin y al cabo, es un príncipe. Los privilegios están unidos a una responsabilidad.

—¡Empiezas a hablar como ellos! —intentó bromear, pero no surtió efecto en su hermana mayor.

—Mira todo lo que trabaja Karim por el pueblo. Ahora mismo está en medio del desierto con los enfermos, mientras que Ibrahim se limita a pasearse por el bar del casino como si fuera un turista. Pues bien, Ibrahim es un príncipe y el rey está harto de esperar a que se comporte como tal —aunque ya susurraba, habló en voz aún más baja—. Va a elegirle una esposa, le guste o no. Dentro de muy poco Ibrahim regresará para quedarse.

Capítulo 5

HABÍA dormido demasiado en el avión y despertó antes del amanecer. Abrió las persianas y admiró la habitación que le habían asignado antes de volver a meterse en la cama. Tras reflexionar un rato, hizo lo que Felicity le había indicado que hiciera en caso de desear cualquier cosa, y descolgó el teléfono. Ni siquiera sonó una primera vez antes de que contestaran y en escasos minutos tuvo una bandeja con café, fruta y zumos junto a la cama. Además, la doncella le ahuecó las almohadas mientras, incómoda, Georgie se preguntaba cómo había podido acostumbrarse tan rápido a todo aquello su hermana.

El café era demasiado fuerte, demasiado dulce y tenía un gusto ahumado. Georgie optó por llevar la bandeja a la terraza y disfrutar de las vistas del mar.

El cielo estaba iluminado en tonos rosas y naranjas y el aire era cálido. Sintió unas enormes ganas de ver un amanecer sobre el desierto, pero por mucho que quisiera presenciar ese esplendor, sabía que de nuevo sería un viaje poco probable ya que Felicity estaba ocupada y no querría llevarse a la pequeña Azizah a pasar la noche fuera de casa.

Algún día conseguiría verlo, pensó. Se sentía muy atraída por la magia que tanto desdeñaba Ibrahim. Quería averiguar más sobre los relatos que se contaban, pro-

bar la comida, oler los aceites, ver algo más de Zaraq
aparte de las tiendas y el palacio.

Y entonces lo vio. Un hombre montado a caballo.
Desde la distancia a la que se encontraba, podría haberse tratado de cualquiera de los hermanos, incluso del
rey, pero el corazón le dijo que era Ibrahim. Desde luego
no tenía el aspecto de un hombre que se estuviera recu-
perando de los excesos de la noche anterior y se preguntó si Felicity no estaría equivocada sobre el estilo
de vida de su cuñado. Había algo en la velocidad a la
que cabalgaba por la playa, una mezcla de juventud, vi-
gor y poder, que le decía que era él. De repente se paró
en seco y le dio unas palmadas al caballo antes de guiarlo
a paso lento hasta el agua. Después levantó la vista y
contempló el sol brillar sobre el palacio. Y la vio.

No la saludó. Se limitó a espolear al caballo y galopar de nuevo, dejando tras de sí una estela blanca de es-
puma. Georgie acababa de sufrir un desaire. Una no podía rechazar a Ibrahim y luego esperar un alegre saludo
a la mañana siguiente.

Mientras se duchaba y vestía se preguntó qué haría
allí el príncipe. ¿Qué le había impulsado repentinamente
a regresar sin previo aviso?

Lo había visto desplegar sus mejores sonrisas a dies-
tro y siniestro, pero también había visto el tormento en
su rostro, algo que ni siquiera él sabía.

–¿Voy bien así? –preguntó al reunirse con su hermana para el desayuno. Era la eterna pregunta que había que formular a diario en Zaraq.

Llevaba un vestido suelto de color crema y unas sandalias planas. Aunque todo era muy recatado, tenía la
sensación de haber dejado expuesta demasiada piel.

–¡Relájate! –exclamó Felicity–. Estás maravillosa.
Sólo tendrías que cubrirte en caso de que me acompa-

ñaras a algún acto oficial, y no lo vas a hacer –añadió al ver los ojos desmesuradamente abiertos de su hermana–. Aunque técnicamente no te haría falta –soltó una carcajada–, ya que estás casada.

–Ya no.

–En Zaraq sí –le aclaró Felicity, aunque sin darle más explicaciones ya que el rey apareció en el patio donde estaban desayunando.

–¿Habeis visto a Ibrahim? Seguramente seguirá durmiendo.

Aunque Felicity ni se inmutó, Georgie sintió cómo el corazón martilleaba en su pecho. El rey era un hombre espectacular, sobre todo de cerca, y no parecía muy contento. Quiso aclararle que su hijo no dormía, pero sabía que no debía intervenir.

–¿Dónde está todo el mundo? –el rey estaba claramente irritado.

–Karim se marchó temprano para asistir a una reunión sobre la emergencia sanitaria de los beduinos –contestó Felicity con calma–. Y no he visto a nadie más.

–Bueno, pues si ves a Ibrahim, por favor recuérdale que quiero verle en mi despacho.

–No es muy probable que vea a nadie –observó Felicity cuando el rey se hubo marchado–, ni tú tampoco –sonrió a su hermana–. ¡Nos vamos al spa!

La cosa no resultó tan sencilla como habían esperado. Felicity nunca había dejado a su bebé a solas con la niñera, Rina, y pasó una eternidad explicándole cómo alimentarla con la leche que se había sacado del pecho.

–Estará bien –la tranquilizó Georgie en la limusina–. Rina parece manejarla muy bien.

–Lo sé –admitió Felicity–. Tendré que acostumbrarme a dejarla sola, tengo muchas obligaciones y he estado pensando volver a trabajar, aunque sólo sea de vez en cuando −aclaró al ver la expresión de su hermana−. Me gusta ser comadrona, y es lo que soy. Rina es encantadora, pero Azizah no parece tranquila con ella.

Georgie sabía lo que le diría a continuación. Habían mantenido esa conversación en numerosas ocasiones e intentó evitarla.

−A lo mejor necesita un poco más de tiempo a solas con Rina −observó−. Parece estupenda, pero no le das la más mínima oportunidad. Has hecho bien en salir esta mañana.

−Quiero que Azizah se críe con mi familia −miró a su hermana−. Y yo también quiero estar con mi familia. Mamá se lo está pensando, pero sé que ni lo dudaría si tú también estuvieras aquí. Por favor, Georgie, dime que te lo pensarás seriamente.

Lo más fácil sería acceder, puesto que echaba de menos a su hermana y a su sobrina. Y no le resultaría nada complicado abandonar su negocio de tratamientos holísticos para sumergirse en el lujoso estilo de vida que le ofrecía su hermana.

Sería demasiado fácil.

Felicity siempre la había cuidado, siempre durante los tiempos difíciles. La primera vez que había viajado a Zaraq había sido como pago del préstamo que había pedido para sufragar el tratamiento de rehabilitación de su hermana y, aunque el ofrecimiento resultaba tentador, Georgie necesitaba seguir sola, demostrarse a sí misma que podía salir adelante sin la ayuda de su hermana mayor.

−Ya hablaremos de ello en otra ocasión −sentenció mientras el coche avanzaba y ella giraba la cabeza para contemplar el palacio que dejaban atrás.

−¿Qué miras?

–Las vistas –Georgie sonrió–. No me puedo creer que me esté alojando en un palacio.

–Si quisieras, podrías vivir en ese palacio –insistió su hermana.

Pero Georgie tenía la mente en otro lugar. No había girado la cabeza para intentar ver el palacio.

Sino a Ibrahim.

Siempre Ibrahim. Y fue Ibrahim quien pobló sus pensamientos mientras llegaban a Zaraqua y subían en un ascensor panorámico hasta la planta cuarenta y dos de un rascacielos. Georgie recordó entonces que no le gustaban las alturas.

–¡Esto es obra de Ibrahim! –exclamó Felicity ante su pálida hermana–. Él diseñó el ascensor.

–Pues recuérdame que le diga que lo odio –Georgie se estremeció–. Y dime cuándo puedo abrir los ojos.

–Ya.

La puerta del ascensor se abrió y entraron en un spa de ensueño. Estaba tenuemente iluminado y el ambiente olía a flores. Les condujeron a unos vestuarios el doble de grandes que el apartamento de Georgie en Londres.

–Quiero probarlo todo... –aseguró ella mientras se ponía un albornoz y su mente bullía de ideas para su negocio–. ¿Tienen una lista?

–Ya está decidido –contestó su hermana–. Vamos a recibir el tratamiento Hamman y no vas a tener que tomar ni una sola decisión. Es una auténtica delicia.

Y lo fue.

Pasaron por varias estancias de paredes de mosaicos iluminadas con velas.

–¡Qué calor! –susurró.

–Ya te acostumbrarás.

Desde luego podría acostumbrarse a aquello. Se sumergió en una bañera en la que fue lavada con jabón negro y después conducida a otra estancia caldeada donde le exfoliaron cada milímetro de piel. De nuevo se repitió el baño y cada pelo de más fue eliminado con azúcar y miel. Pasaron de una estancia a otra donde recibieron expertos tratamientos para los que los perfumes eran cuidadosamente elegidos. Dos horas más tarde, envueltas en un albornoz y bebiendo un aromático té mientras disfrutaban de la suave música, Georgie sonrió a su hermana que la observaba con atención.

—Es increíble lo lejos que has llegado.

—Lo sé —admitió Georgie mientras cerraba los ojos y disfrutaba de la sensación de felicidad que la inundaba. Un par de años atrás ese día habría sido imposible de celebrar, y la idea de visitar un spa habría resultado repulsiva. Pero en esos momentos podía relajarse y disfrutar de los tratamientos, algo a lo que aspiraba dedicarse algún día ella misma.

—¡Alteza! —la nerviosa recepcionista que se aproximaba hizo que Georgie se sobresaltara. No acababa de acostumbrarse al hecho de que su hermana fuera una princesa—. Jamás habríamos osado molestarla, es una norma del spa, pero han llamado de palacio...

—No pasa nada —Felicity tomó el teléfono y se dirigió a la manicura que aguardaba a su lado—. Por favor, discúlpenos —cuando estuvieron solas, contestó la llamada y escuchó con una sonrisa dibujada en el rostro antes de hablar con voz tranquilizadora—. No, no estás exagerando... enseguida voy —tras una pausa continuó—. Has hecho bien en llamarme.

—¿Qué sucede?

—Jamal —contestó su hermana—. No es la primera vez que lo hace. Hassan no está y se siente inquieta. No está segura de si son contracciones o no.

–Pero seguro que debe tener a su disposición un montón de médicos.

–Precisamente –Felicity puso los ojos en blanco–.
El país entero está expectante ante este bebé y el médico del palacio no quiere correr el menor riesgo. La semana pasada la llevaron al hospital para ser monitori-
zada. Antes de que llegara, la prensa ya aguardaba a la
entrada, y resultó que no eran más que las contracciones
de Braxton-Hicks.

–Pobre...

–Tú quédate aquí y termina el tratamiento. Si nos mar-
chamos las dos, empezarán a sospechar –le aconsejó su
hermana–. Me inventaré que Azizah me echa de menos.

Georgie se quedó. Le decoraron los pies con precio-
sas flores de henna y le pintaron las uñas, pero no resultó
tan divertido sin Felicity y una hora más tarde decidió
regresar al palacio que, por el momento, llamaría
«casa». No tenía nada que ver con la casita en la que se
habían criado al norte de Inglaterra. Una casa que Georgie nunca había considerado su hogar. Una casa de la que
había escapado a la menor oportunidad.

Por primera vez, las puertas del palacio no se abrie-
ron por arte de magia cuando Georgie subió las escaleras, pero justo en el momento en que empezaba a pre-
guntarse dónde estaría el timbre, la suntuosa puerta se
abrió e, inesperadamente, apareció Ibrahim.

–¿Dónde está Felicity? –ella miró por encima del
hombro del príncipe.

–En el hospital –contestó él mientras dos doncellas
subían las escaleras a la carrera sin siquiera hacerle una
reverencia–. Jamal está de parto y aquí se ha desatado
el caos.

–Pensaba que era una falsa alarma. ¡Es demasiado
pronto! –exclamó Georgie.

–Tu hermana dice que es un poco pronto, pero que no pasa nada. Mi padre acaba de marcharse hacia el hospital. Felicity iba a enviarte un mensaje al spa, pero todo se ha precipitado, de lo contrario estoy seguro de que no te habría dejado sola –el pequeño comentario dejaba claro que el príncipe estaba al corriente de los antecedentes de Georgie.

–¿Dónde está Azizah?

–Con la niñera. La está preparando.

Georgie pensó que Ibrahim no se había expresado bien y que la niñera estaría cambiando al bebé o algo parecido, pero pronto comprobó que no había habido ningún error.

–La traerá al coche. Tú también deberías prepararte. Nos iremos enseguida –insistió él ante una paralizada Georgie.

–¿Irnos?

–Vamos al hospital.

–¿Yo?

–Formas parte de la familia –contestó él–. El futuro rey está a punto de nacer. ¿Por qué no ibas a querer estar presente?

–¡Porque ni siquiera conozco a la cuñada de mi hermana! Y eso para empezar...

Felicity le había advertido sobre no hablar más de la cuenta y reflexionar antes de abrir la boca. Sin embargo, él reaccionó con una resplandeciente sonrisa, distinta a todas las demás, que le indicó que no se había ofendido. Una sonrisa que le invitaba a entrar en su mundo, que le decía que comprendía lo extraño que debía parecerle todo aquello. Pero de repente debió recordar que estaba enfadado, pues la sonrisa se esfumó y las palabras que pronunció fueron solemnes.

–Tengo tantas ganas de ir como tú. Pero no tenemos elección.

Rina apareció con la niña envuelta en una delicada toquilla color crema, preparada para conocer a su primo. De repente, la enormidad de todo aquello golpeó a Georgie de pleno.

–No creo que nadie se diera cuenta si no voy.

–Sí que lo notarían –contestó Ibrahim–. Eres tú quien llevará a Azizah.

–No estoy preparada... –Georgie señaló su vestimenta. El vestido estaba manchado de aceite y los cabellos sucios. Además, no llevaba ni gota de maquillaje. Se sentía aturdida ante la perspectiva de participar en tamaño evento y agradeció que una doncella la cubriera con un velo que le proporcionaba el escudo y el anonimato que tanto necesitaba.

Caminaron hacia el coche que les aguardaba, flanqueado por policías en moto, y aquello fue demasiado intenso para ella. La limusina plateada con las lunas tintadas que las había llevado aquella mañana al spa había sido sustituida por un vehículo negro, mucho más formal. Incluso llevaba una bandera en la parte delantera.

–Es como un desfile real –observó mientras la puerta del coche se abría. La respuesta de Ibrahim hizo que casi se atragantara.

–Eso es exactamente lo que es.

Había pasado de disfrutar de una mañana de spa con su hermana a convertirse en un miembro de pleno derecho de la primera familia de Zaraq. De ser una entusiasmada tía a ser la portadora de la más pequeña de las princesas de Zaraq.

–¿Por qué no están los cristales tintados?

–Es un acto oficial –le informó Ibrahim–. El pueblo de Zaraq quiere ver a la familia real –la miró a los ojos y, seguramente, malinterpretó la mirada de pánico–. Si lo prefieres, podemos ir por separado.

–¡No! –rugió ella. No era Ibrahim el que la ponía nerviosa, era participar en todo aquello sin su hermana–. Quédate.

Era una persona compleja, pensó Ibrahim mientras se sentaba a su lado. Por fuera parecía muy segura de sí misma, pero... La observó detenidamente. Georgie tenía la vista fija al frente y sus ojos azules ni pestañeaban, aunque se le oía respirar pesadamente. Se notaba una fragilidad en ella que nadie más parecía captar y no podía abandonarla.

–Como el rey ya estará en el hospital, se habrá formado bastante revuelo.

Aquello era más de lo que Georgie se sentía capaz de soportar. A medida que el coche se aproximaba al hospital, la gente saludaba y lanzaba vítores al último vehículo de la comitiva real. Era sin duda el momento más extraño de toda su vida y jamás había sentido tanta responsabilidad como cuando se bajó del coche con Azizah en brazos. Sentía una imperiosa necesidad de cuidar de la niña, tal y como habría deseado Felicity que hiciera. La abrazó con fuerza y la tapó con la toquilla para proteger sus ojos del feroz sol de la tarde. Ibrahim esperó pacientemente antes de colocarse a su lado mientras saludaba a los empleados del hospital antes de reunirse con el resto de los miembros de la familia real.

–Al parecer el parto es inminente –le anunció Ibrahim–. Y Hassan acaba de llegar.

Llegaron a una sala de espera como no había otra igual. Había empleados ofreciendo refrescos y Rina, que había llegado en otro coche, se ofreció para ocuparse de Azizah.

—Yo me encargo de ella —Georgie declinó el ofrecimiento—. ¿Dónde está mi hermana?

—Felicity acompañará a Jamal durante el parto —le informó Ibrahim tras averiguarlo—. Supongo que todo esto te resultará un poco abrumador.

—¿Un poco?

—Mucho —admitió él—. Me quedaré contigo —le aseguró, a pesar de tenerlo prohibido.

Aquella misma mañana, cuando Ibrahim se disponía a montar a caballo, Karim le había advertido que se mantuviera alejado de Georgie. Pero no le importaba. La etiqueta de la corte llegaba a agobiarle en ocasiones y se imaginaba que para la joven debía ser aún peor—. No te preocupes por nada.

—No sé cómo puede soportar Felicity... —Georgie soltó un suspiro.

—Es la vida que ha elegido, y no siempre es así —Ibrahim vio que Georgie abrazaba con fuerza a Azizah y supuso que era más por su propio consuelo que por el del bebé.

—Pues yo no podría.

—Lo hace muy bien.

—Pensaba que no te gustaba —Georgie frunció el ceño sorprendida ante la sincera admiración que el príncipe parecía profesar por su hermana.

—Me gusta mucho —contestó él—. La que me preocupa eres tú —sonrió con amargura.

—Ella no me está utilizando, si es eso lo que quieres decir.

—Por supuesto que te utiliza —contestó Ibrahim—. Y no le culpo lo más mínimo. Se encuentra sola en un país extranjero y quiere tener a su familia cerca... y también quiere que tú la utilices —afirmó, expresando en voz alta lo que ella pensaba–. Te quiere a ti, la hermana que ama, para compartir su suerte. Pero tú te sientes en deuda.

Georgie cerró los ojos ante la cruda verdad.

–Mira por ti, Georgie.

–¿Igual que tú?

Ibrahim estuvo a punto de asentir, de ofrecer su habitual respuesta arrogante. Pero esa mujer le hacía reflexionar, le obligaba a pararse y, en lugar de responder a la pregunta, contempló a su sobrina que dormía y acarició la mejilla del bebé antes de contestar.

–Lo intento, pero todos estamos en deuda.

Su deber en esos momentos era estar allí a la espera del nacimiento real. Era su obligación y, sin embargo, le sorprendió la anticipación creciente que sentía. La alegría de la gente en las calles le había conmovido. También sentía alivio porque cuando su padre estuvo enfermo, cuando Hassan y Jamal parecían no poder tener hijos, se había hablado de que Hassan renunciara a sus derechos al trono y eso le habría situado a él un peldaño más cerca de lo impensable: llegar a ser rey.

Y sintió alivio, pero nada más, mientras los llantos de un recién nacido aseguraban el futuro de Zaraq.

–¡Un varón! –el rey resplandecía–. Acaba de nacer nuestro futuro rey. Pequeño, algo débil, pero el médico asegura que está sano y que crecerá grande y fuerte –miró a su hijo pequeño y, en un gesto poco habitual, lo abrazó–. Me alegro de que estés aquí.

El abrazo fue agradable... y sorprendente.

–Vamos –ordenó el rey–. Saldremos al balcón para compartir la buena nueva con el pueblo.

Era un día emocionante, milagroso, bueno. Ibrahim miró a Georgie que parecía más que perdida. Sus ojos reflejaban el terror que sentía y, tal y como le había prometido, se mantuvo a su lado mientras salían al balcón.

–Esto –le explicó– es el anuncio. Así el pueblo sabe que todo va bien. Cuando nació el primer hijo de Hassan y Jamal, Kaliq, y supimos que no sobreviviría, sólo hubo un pequeño comunicado de prensa. Hoy, el pueblo de Zaraq sabrá que todo ha ido bien.

Georgie salió al balcón con su pequeña sobrina en brazos y oyó el estallido de vítores de la multitud que se agolpaba en las calles a sus pies.

–Lo estás haciendo muy bien –la tranquilizó amablemente Ibrahim.

–Gracias –Georgie temblaba–. Pero lo curioso es que no tengo ni idea de qué estoy haciendo –aun así, la emoción era palpable y se unió a la celebración, incluso saludó con la mano a la multitud–. Si supieran... –rió al pensar en sus amigos de Londres–. Menos mal que sólo será un día.

Sin embargo, para Ibrahim no sería sólo un día. Era lo que le estaban pidiendo a cambio de todo lo recibido. Contempló la multitud y pensó que quizás estuviera ante su futuro.

Capítulo 6

TENGO que ponérmelo? –Georgie había viajado hasta Zaraq para visitar a su hermana y disfrutar de su sobrina, pero se encontraba a punto de cenar con los príncipes y el rey.

–El heredero ha nacido hoy –la voz de su hermana estaba cargada de exasperación y culpa–. Georgie, tendremos tiempo de estar juntas, pero el bebé de Jamal ha nacido antes de tiempo y... Por favor, aguanta todo esto un par de días.

Fue mucho peor que la boda. Para asegurarse de que estuviera presentable en la mesa del rey, las doncellas le habían peinado los rubios cabellos en trenzas y le habían pintado los ojos con kohl. Por último, le habían llevado el vestido: largo, color limón con dibujos y pedrería. No era ni remotamente parecido a cualquier cosa que ella hubiera elegido.

–Estás espléndida –mintió Felicity. El color limón habría resultado impresionante contra una piel olivácea y unos cabellos negros, pero quedaba fatal sobre una persona rubia.

–Parezco una tarta de merengue y limón –contestó Georgie aunque no quiso empeorar el sentimiento de culpa de su hermana y, de hecho, soltó una carcajada al verse en el espejo–. ¿Por qué llevo colorete naranja? Da igual, sólo es una cena... Estaré bien. ¿Te sentarás a mi lado? –el corazón le dio un vuelco al ver la mueca de Felicity.

–Lo estaré, aunque puede que deba ausentarme para darle el pecho a Azizah. Se durmió justo después del baño y no creo que aguante toda la cena.

–No puedes dejarme a solas con ellos.

–Normalmente no lo haría. ¿Quién iba a saber que el bebé de Jamal se iba a adelantar? Y tampoco sabía que el día de su nacimiento iba a celebrarse una cena oficial.

–¡Oficial! –Georgie casi se atragantó.

–Bueno, no es exactamente oficial –Felicity se retractó de inmediato–. Es una cena familiar, pero también estará la familia de Jamal, y son muy tradicionales... Georgie. No quiero que Rina le dé el biberón a Azizah a no ser que me resulte imposible a mí. Ausentarse en medio de una comida es de malísima educación, pero Karim ha hablado con su padre y...

–Te han concedido un indulto.

–No puedo ceder –Felicity estaba visiblemente disgustada–. Pero si crees que será demasiado para ti... Si corres el riesgo de volver a...

–Felicity –interrumpió Georgie con firmeza–. No todo se reduce a mis desórdenes alimenticios. Cualquiera estaría nerviosa si tuviera que asistir a una cena oficial con el rey.

–Lo sé. Es que siento mucho que se produzca durante tu segunda velada aquí. No volverá a suceder. Normalmente no cenamos con el rey. Normalmente cenamos Karim y yo solos.

–¿Y quién estará allí?

–El rey, y Hassan con los padres y la familia de Jamal. Y espero que Ibrahim.

–¿Esperas? –Georgie cerró los ojos. No quería enfrentarse a él con ese aspecto.

–No se puede pedir más cuando está aquí –Felicity sonrió–. ¿Qué tal se portó hoy?

–Pareció disfrutar con la celebración, y estaba encantado por su hermano.

–Karim dice que pasasteis mucho tiempo juntos.

–Es que él al menos habla mi idioma –contestó ella secamente. No quería dar explicaciones, a fin de cuentas no habían hecho nada malo. Rápidamente cambió de conversación–. ¿Y qué pasa con la reina?

–Sabes bien que no vive aquí.

–¿Y cuándo va a conocer a su nieto?

–Cuando Hassan y Jamal se lo lleven, igual que hice yo cuando nació Azizah. Claro que, siendo un poco prematuro, puede que tarden bastante en viajar con él.

–¿Y hasta entonces no podrá verlo?

–Georgie, por favor... –Felicity estaba nerviosa y eso irritaba a Georgie.

–¿No estamos autorizadas a hablar de ello en la intimidad de mi dormitorio? –Georgie sacudió la cabeza incrédula–. No sé cómo soportas vivir así, Felicity.

–Tengo una vida maravillosa –protestó su hermana–, y por supuesto que podemos hablar. Es que... –Felicity cerró los ojos durante unos segundos–, durante la cena no, Georgie. Te pido discreción. Hay cosas que no se pueden discutir –por enésima vez intentó explicarle a su hermana pequeña las extrañas costumbres de Zaraq–. Se trata de un tema muy delicado. El rey la echa muchísimo de menos, está penando por ella.

–¡Pero si no está muerta! –señaló Georgie–. No tiene más que descolgar el teléfono –puso los ojos en blanco–. No te preocupes, no voy a avergonzarte... me mostraré recatada.

Y así fue, pero no por la advertencia de su hermana.

La enorme mesa, la compañía, las presentaciones y el ambiente la sobrecogieron.

No hubo ninguna señal de Ibrahim aunque oyó al rey nombrarle un par de veces.

—¿Cuándo comemos? —preguntó Georgie a su hermana tras esperar una eternidad.

—Cuando aparezca el hijo pródigo —contestó Felicity—. ¿Estás bien? —le había parecido que su hermana daba un respingo al oír el nombre del príncipe.

—Estoy bien —a pesar de aparentar calma, Georgie temía el momento en que su hermana mayor tuviera que ausentarse. Sobre todo si, tal y como le había explicado, la familia de Jamal sólo hablaba árabe.

—Están hablando de cuándo publicarán la foto del nuevo heredero —tradujo Felicity.

Sin embargo, la traductora no tardó en ser requerida por una doncella y, tras saludar al rey con una inclinación de cabeza, se ausentó.

Georgie sonrió y rió cuando vio hacerlo a los demás, a pesar de no tener ni idea de por qué lo hacían. Esperaba con ansias que apareciera la comida, aunque sólo fuera para tener algo que hacer. Y de repente, cual refrescante chaparrón en un caluroso día de verano, apareció Ibrahim vestido al estilo occidental, con los cabellos revueltos y sin afeitar.

—Llegas tarde —el rey se mostró menos impresionado que ella. La conversación se mantuvo en inglés, sin duda para no ponerse en evidencia ante los selectos invitados.

—Tenía que hacer una llamada —contestó el príncipe sin disculparse.

—Es la hora de la cena —observó el rey.

—Cena en familia —puntualizó Ibrahim—. Una ocasión así sin duda permite un poco de relajación para disfrutar de la ocasión –concluyó mientras se sentaba al lado de Georgie.

–Éste es el sitio de Felicity –Karim reaccionó de inmediato.

–¿Y dónde está?

–Amamantando a Azizah.

–¿Y te ha dejado sola ante el peligro? –Ibrahim se encogió de hombros ante la expresión ceñuda de su hermano–. Me sentaré a tu lado hasta que vuelva –pasó a hablar en árabe con los invitados antes de devolver la atención a Georgie.

–Estás... –la miró con un brillo divertido en los ojos– como el día que te conocí.

–En efecto –asintió Georgie al recordar el vestido color albaricoque de la dama de honor–. Creo que vuestras doncellas no están acostumbradas a vestir a rubias –guiñó un ojo–. Voy a tener que hablar con ellas.

Ibrahim resultó ser una compañía maravillosa y Georgie consiguió olvidar sus nervios durante unos instantes. Con él pudo comportarse como ella misma.

–Pensaba que, ahora que has llegado, nos servirían la cena –comentó al comprobar que Felicity había fallado en su predicción.

–No debería tardar mucho más –explicó Ibrahim–. La mayor parte de las relaciones sociales se establecen antes de la cena. En cuanto tomemos el café, la velada habrá terminado.

–¿En serio? –Georgie le dedicó una tensa sonrisa a Karim–. Mi hermana no me lo dijo.

Aun así, cuando al fin se sirvió el primer plato estuvo segura de que Ibrahim captó la forma en que se humedeció los labios, y no precisamente de anticipación por la comida.

–Todo irá bien –la tranquilizó–. No te preocupes.

–He leído que es una grosería no terminar el plato –Georgie se sentía avergonzada, pero Felicity no estaba a su lado, y la perspectiva de cenar en un ambiente tan selecto, siendo además una comida con la que no estaba familiarizada, le ponía cada vez más nerviosa.

–Éstos son los aperitivos –le indicó él–. Salsas, pastas y pepinillos. Prueba un poco de cada y, si te gusta, repite. Disculpa un momento –se interrumpió para volverse hacia su padre–. *Bekra* –fue la breve respuesta antes de dirigirse de nuevo a Georgie–. Mi padre me ha preguntado cuándo tengo pensado volver al hospital. Le he dicho que mañana.

Georgie se relajó, tanto que apenas se dio cuenta cuando Felicity regresó. Tras unos incómodos momentos, Ibrahim se trasladó al otro lado de la mesa.

–Lo siento muchísimo –susurró Felicity–. Georgie, lo siento...

–No pasa nada –contestó ella–. En serio. Ibrahim se ha portado maravillosamente –no le pasó desapercibido el gesto tenso de su hermana mayor mientras miraba brevemente a su cuñado y de nuevo a ella–. ¿Qué pasa?

–Nada –le aseguró Felicity, aunque Georgie veía que estaba nerviosa.

El comportamiento de Ibrahim fue impecable. Durante la interminable cena habló con todos los invitados, pero sin abandonar a Georgie, aconsejándola sobre cómo comportarse cuando Felicity conversaba con los demás.

Durante el postre, *mahlabia*, según le explicó Ibrahim, pudin cremoso con agua de rosas, Georgie sintió de nuevo la tensión en su hermana. Sin embargo, y aunque no hubiera sido a propósito, Felicity la había abandonado durante la mayor parte del día y sólo de pensar en qué habría sido de ella sin la ayuda de Ibrahim, le entraban escalofríos. Su hermana parecía contrariada por lo bien que parecían llevarse ellos dos, e incluso le dio un codazo cuando se echó a reír ante un comentario del príncipe.

–¿Qué pasa? –preguntó Georgie–. ¿Ahora qué he hecho mal?

–Hablaremos más tarde.

El café les fue servido y, tal y como le había anunciado Ibrahim, la velada concluyó. Tras despedirse de la familia de Jamal, Hassan anunció que regresaría al hospital para pasar con su esposa la primera noche de su hijo. Sin embargo, la velada no concluyó del todo, pues el rey pidió otro café que le fue servido con bizcochos. En ese momento de relajación, el teléfono de Ibrahim sonó estridente y su padre frunció el ceño.

–Disculpadme –el príncipe se puso–. Tengo que contestar.

Aquello debía ser el colmo de la descortesía y el rey parecía cada vez más furioso a medida que pasaba el tiempo e Ibrahim no daba señales de interrumpir la llamada. Incluso Georgie se mostró nerviosa cuando, casi media hora después, regresó al salón.

–¿Qué? –preguntó el príncipe ante el tenso silencio que se hizo.

–Hablaré contigo más tarde.

–Habla conmigo ahora –contestó Ibrahim.

–Nos has hecho esperar en la mesa por segunda vez en la misma cena.

–Ya te dije que siguierais sin mí.

–Esto es una celebración familiar.

–No del todo.

Las palabras de Ibrahim estaban cargadas de peligro, de desafío. Se sentó a la mesa y chasqueó los dedos.

–Me apetece champán –anunció mientras miraba a

su padre–. Para celebrar el nacimiento del futuro rey de Zaraq.

En la boda de Felicity también se había servido champán, aunque sólo para los invitados, y era evidente que en aquella ocasión no estaba previsto, pues el camarero dudó hasta recibir un tenso asentimiento del rey.

–¿A alguien más le apetece? –preguntó Ibrahim mientras sus maravillosos ojos negros hacían un barrido por la mesa y se detenían en Georgie.

–No, gracias –Georgie creyó oír un suspiro de alivio por parte de su hermana al declinar el ofrecimiento, al igual que el resto de los comensales.

–No es del todo una celebración familiar –Ibrahim retomó la conversación, no sólo ignorando la ira de su padre sino provocándola–. ¿A ninguno se os ocurrió llamarla? –sus ojos se posaron en su hermano y luego en su padre–. Por eso llegué tarde a la cena. Llamé a mi madre creyendo que ya había recibido la noticia de que había sido abuela.

–Ibrahim –interrumpió Karim–. Aquí no.

–¿Dónde entonces? –contestó el príncipe–. Ésta es mi familia, ¿no? ¿Dónde hablan de sus cosas las familias si no es durante la cena?

–Esta noche estamos de celebración –insistió el rey con el rostro ligeramente tembloroso–. Iba a pedirle a mi secretario que la llamara y...

–¿Tu secretario? –bufó Ibrahim–. ¿El mismo que la telefoneó cuando murió su hijo? ¿El mismo que la llamó cuando murió el primogénito de Hassan y Jamal? Ya sabes cómo se le partió el corazón.

–Entonces hacía años que no hablaba con tu madre.

–Pero ahora sí hablas con ella –espetó su hijo–. Haces más que hablar con ella... –se interrumpió para tranquilizarse antes de continuar–. ¿No podías haberla llamado?

–Tú tampoco la llamaste al nacer el bebé –observó el rey.

–¡Porque pensaba que lo habías hecho tú! –Ibrahim no estaba dispuesto a ceder–. Supuse que su marido lo habría hecho, dado que ahora sí hablas con ella, y que estuviste en Londres hace dos semanas en viaje de «negocios».

–¡Silencio!

–La llamada que acabo de contestar era de tu esposa –le informó–, de mi madre, de nuestra reina. Al fin ha asimilado la noticia que le di antes de la cena y está llorando desconsoladamente porque no podrá conocer al futuro heredero hasta que Hassan organice una visita. Me suplica que lo celebremos por ella, que le demos un beso de parte de la abuela que no puede estar presente. Se ha servido una copa de champán en Londres y está brindando... Le dije que yo haría lo mismo –de nuevo barrió la mesa con la mirada–. ¿Alguien quiere acompañarnos a mi madre y a mí?

Nadie contestó.

–¿Georgie? –insistió Ibrahim.

Ella se sentía más que tentada de aceptar, no por la copa sino por la intención que llevaba implícita. Sin embargo, renunció a tomar parte en una batalla que no era la suya, a jugar un juego cuyas reglas desconocía. Percibía el dolor tras la afirmación del príncipe, la injusticia que había sufrido su madre, pero se encontraba allí por su hermana, para ayudarla, no para crearle problemas. Aun así, sintió un gran pesar al rechazar la invitación.

–No, gracias –se humedeció los labios y bajó la mirada, aunque tuvo tiempo de ver el destello de desilusión en los negros ojos.

El rey no estaba dispuesto a ceder ante su hijo.

—Mañana —se puso en pie, seguido de inmediato por Karim y Felicity y, ante la señal de ésta, de Georgie. Únicamente Ibrahim permaneció sentado hasta que, lentamente y con visible reticencia, acompañó a los demás en el gesto—. A las ocho de la mañana te presentarás en mi despacho. Mañana, Ibrahim, y escucharás lo que tengo que decirte.

La puerta se cerró tras él, pero la tensión no abandonó la sala.

—¿Por qué esta noche, Ibrahim? —espetó Karim—. ¿Por qué has tenido que estropearlo?

—¿Estropearlo? —Ibrahim no lograba entender a su hermano. Un hermano que habría aceptado ser el heredero del rey. Un hermano que ni siquiera había llorado cuando su madre los dejó—. Te refieres a decirlo en voz alta.

—Me refiero a que cada vez que vuelves creas problemas. No había ninguna razón para este numerito.

—¿Ninguna razón? —Ibrahim miró a su hermano y luego a Felicity—. Imagínate dentro de unos años, Felicity. Imagina que Azizah tuviera un hijo mientras tú estuvieras en la otra punta del mundo y Karim ni siquiera te llamara —tomó la botella y los dejó solos.

Georgie sintió un fuerte deseo de seguirlo.

—No le falta razón —Felicity se volvió hacia su marido—. En realidad la tiene y mucho. Deberías haberla llamado —al no recibir respuesta, insistió—. Hay que ir a Londres.

—Ya hemos estado —protestó Karim—. Llevamos a Azizah para que conociera a tu familia, y a mi madre.

—Pues iremos otra vez —contestó Felicity—. Quiero que Azizah conozca a toda su familia.

–Lo arreglaré –Karim se puso en pie–. Voy a ver qué tal está mi padre.

–Maldito Ibrahim –los magnánimos sentimientos que Felicity había manifestado hacia su cuñado se esfumaron en cuanto las hermanas se encontraron a solas en sus aposentos–. Cada vez que viene hace lo mismo.

–Dijiste que no le faltaba razón.

–Y por supuesto tú estás más que dispuesta a ponerte de su parte –su hermana paseaba de un lado a otro de la habitación–. ¿Harás el favor de mantenerte alejada de él?

–¿Y por qué tengo que hacerlo? –le desafió Georgie–. Es la única persona que se ha ocupado de mí durante todo el día. ¿No debería siquiera dirigirle la palabra?

–Por supuesto que puedes hablar con la gente, pero las pequeñas conversaciones privadas, las risas, las bromas... –Felicity intentaba mantener la calma, pero al final expresó en voz alta lo que había sido un secreto a voces durante la velada–. Estabais coqueteando.

–¡No es verdad! –Georgie sacudió la cabeza–. Estábamos hablando. Sólo hablando. No estaba flirteando con él a propósito.

Sin embargo, no era cierto. Durante toda la velada había buscado sus ojos negros, su sonrisa y no podía culpar a su hermana por haberse dado cuenta.

–Hiciste lo mismo el día de la boda –insistió Felicity–. Ya sé que es atractivo y que no hay mujer que se le resista cuando despliega sus encantos, pero aquí no, Georgie, no en Zaraq, no delante de la familia de mi marido. En Londres puedes hacer lo que quieras.

–¿Y qué se supone que significa eso? –su hermana siempre la señalaba como problemática.

–Sólo que... –Felicity se acarició los cabellos–. No importa. Déjalo, Georgie.

–¿Dejar el qué?

–Nada –su hermana sacudió la cabeza–. No quiero discutir. Estoy exagerando. Ha sido un día muy largo, y no sólo por Jamal. Karim está preocupado por los beduinos y está hablando con su padre para intentar encontrar una solución. Me siento culpable por haberte dejado sola y me alegro de que Ibrahim se ocupara de ti. Estoy cansada.

–Vete a la cama –le aconsejó Georgie–. Dentro de un par de horas, Azizah te obligará a levantarte –vio cómo su hermana palidecía al pensar en ello–. ¿Por qué no dejas que se ocupe Rina de ella esta noche?

–¡No empieces tú también! –Felicity estaba al borde de las lágrimas–. No quiero a Rina.

–Si lo prefieres, puedo levantarme yo –se ofreció ella–. Pareces agotada.

–No hace falta.

–Quiero hacerlo –insistió Georgie impidiendo que su hermana la interrumpiera–. La nevera está llena de tu leche. Tú duerme y mañana pasaremos juntas un día estupendo –esperó mientras Felicity se mordisqueaba el labio–. Y si no puede ser mañana, pues pasado mañana. No es culpa tuya que el futuro rey naciera al día siguiente de mi llegada.

–¿Lo entiendes?

–Por supuesto –mintió ella, pues no acababa de comprender cómo se había metido su hermana en ese mundo. La vida allí estaba repleta de normas no escritas y, por mucho que se esforzara, siempre acababa metiendo la pata.

Al regresar a su dormitorio lo vio en el balcón, mirando el desierto que tanto detestaba. No se volvió, aunque ella estaba segura de que la había oído, pues sus hombros se tensaron. Durante unos segundos se quedó parada esperando que él la saludara, pero Ibrahim se limitó a servirse otra copa e ignorarla deliberadamente.

–Ya puedo yo, gracias –Georgie sonrió a la doncella que intentaba ayudarla a quitarse la ropa. Cuando al fin estuvo sola, suspiró aliviada.

Debería haberle seguido en el brindis.

Había miles de motivos para justificar el no haberlo hecho y mientras se cepillaba los cabellos pensó en unos cuantos. Estaba allí por su hermana, habría sido una falta de respeto hacia el rey... se quitó los zapatos, desabrochó el vestido y se limpió el horrible maquillaje antes de ponerse crema en la cara y unas gotas de melisa en las sienes. Aunque sabía que había hecho lo correcto, su corazón no parecía estar de acuerdo.

Tras cepillarse los dientes, se miró al espejo y fue incapaz de seguir justificándose.

Tomó el vaso del agua y el intercomunicador, por si lloraba el bebé, y se dirigió al balcón. Ibrahim no se volvió hacia ella, ni ella lo había esperado.

–Lo siento –al ver que Ibrahim sacudía la cabeza, insistió–. Intento disculparme.

–No hace falta –el príncipe al fin se volvió y le llenó el vaso–. No debería haberte puesto en esa tesitura –el hombre más difícil y complicado del mundo la miró a los ojos–. No me debes nada –consiguió sorprenderla–. Pero, Georgie... tampoco a tu hermana.

–Sólo estoy cuidando de mi sobrina esta noche. Por eso llevo el intercomunicador.

–No me refería sólo a eso. Entre vosotras dos la tensión es palpable.

–Nos queremos mucho.

–Ya lo sé –asintió Ibrahim–, pero hay –no era capaz de definirlo–. Os estáis reprimiendo.

–Te equivocas.

–Puede –admitió él–. Pero a veces viene bien discutir. A veces hace falta desahogarse. ¿Te sientes en deuda con ella? –preguntó–. ¿Crees que le debes algo? –habló con voz dulce.

Ella asintió con una mezcla de alivio y culpa, siendo más sincera con él de lo que había sido jamás con nadie. Georgie casi nunca lloraba, y sólo cuando el dolor era físico, pero, al igual que había sucedido en el club de Londres, Ibrahim había logrado que las lágrimas aflorasen a sus ojos con unas cuantas palabras.

–Eso no es bueno, Georgie –la conocía bien y le arrancó todos los demonios del interior.

–Me ha ayudado mucho –ella deseaba huir de allí.

–¿Le has dado las gracias por ello?

–Por supuesto.

–¿Lo dijiste de corazón?

Ella asintió.

–Entonces ya has cumplido –afirmó Ibrahim, consciente de que no era tan sencillo–. Despréndete del sentimiento de culpa, Georgie... y ven a la cama conmigo... esto último ha sido broma –añadió.

Sin embargo, tras la sonrisa había algo más. Y, por primera vez en meses, se acercó a ella, mirándola con una casi imperceptible tensión en la nariz, aunque para Georgie fue más que evidente pues sabía que estaba aspirando su aroma mientras inclinaba la cabeza.

–*Bal-smin* –susurró él.

–Nosotros lo llamamos melisa –Georgie se preguntó si iba a besarla y apenas podía respirar mientras intentaba hablar con normalidad.

Y ya no pudo hablar más, pues el aliento de Ibrahim le quemaba la mejilla.

Estaba casi segura de que iba a besarla, y lo deseaba con desesperación. Pero lo único que hizo él fue atormentarla, aspirando su aroma, pero sin tocarla físicamente. Georgie se sentía desfallecer y le envió señales clarísimas de que tenía permiso para besarla, para tomarla allí mismo, en el balcón. Y en un instante de cordura, supo que había llegado el momento de despedirse.

–Tengo que irme –anunció con voz ronca.

–Entonces, vete –le despidió Ibrahim.

Georgie tomó el intercomunicador y se dirigió de regreso a su habitación, haciendo un enorme esfuerzo por no volverse, pero en el dormitorio halló poco consuelo.

Tras quitarse el vestido, se tumbó desnuda entre las sábanas, consciente de que sólo había una puerta entre ellos y preguntándose si iría tras ella.

Pero no lo hizo.

La dejó allí, consumiéndose en su propia hoguera, excitada y ardiente, igual que ella lo había dejado a él en una ocasión. Quizás había sido ésa su intención. Quizás la quería de rodillas, suplicándole para poderla rechazar.

Y dio gracias a Dios por tener consigo el intercomunicador.

Un cinturón de castidad electrónico que parpadeaba continuamente y transmitía ruidos.

De no haber sido por ese aparato, habría puesto todo el palacio patas arriba hasta dar con su puerta.

Capítulo 7

DIJISTE que querías verme –Ibrahim entró en el despacho de su padre diez minutos antes de la hora fijada. La reprimenda recibida el día anterior lo había irritado y, aunque no evitaba la confrontación, quería acabar cuanto antes.

Para poder seguir con su vida.

–Siéntate –el rey tenía voz de cansancio, algo no muy habitual en él–. Tenías razón.

Aquello supuso una sorpresa para su hijo. Había esperado recibir un ultimátum, o un desafío, pero quien lo había mirado a los ojos era el padre, no el regidor.

–Yo siempre tengo razón –Ibrahim sonrió. Era el único de los hijos del rey que se atrevía a bromear con su padre–. ¿Puedo preguntar en qué exactamente?

–Debería haber llamado a tu madre –empezó su padre, borrando la sonrisa del rostro del hijo–. Se merecía algo más que oírlo de su hijo, o de mi secretario.

«Se merecía algo más, y punto», quiso añadir Ibrahim, aunque no se atrevió.

–Esta mañana no ha querido ponerse al teléfono y no he podido disculparme, de modo que voy a hacerlo en persona.

–¿Abandonas Zaraq en estos momentos? –aquello era casi impensable. Las calles bullían con las celebraciones. Era el día más grande de Zaraq y ¿su padre se marchaba?

–Estaré de vuelta cuando salgan del hospital, y esta mañana pasaré a ver al bebé. El pueblo no tiene por qué saberlo. Y si lo descubren... –el rey se encogió de hombros–. He ido a visitar a mi esposa para compartir con ella la buena nueva –miró a su hijo, el más pequeño, pero también el más inescrutable–. No pareces muy complacido.

–¿Y por qué debería estarlo?

–Desde mi enfermedad, he viajado a Londres más a menudo. Tus hermanos están encantados con el acercamiento entre tu madre y yo, pero tú no.

–No –Ibrahim se mostró sincero–. No me gusta que traten a mi madre como a una fulana.

–¡Ibrahim! –el rugido del rey, sin duda, había despertado a Azizah, pero su hijo ni se inmutó–. No vuelvas a hablar así de ella.

–Tú la has convertido en eso –contestó el príncipe–. Durante años la has ignorado.

–Le he proporcionado una vivienda y una pensión.

–Y ahora la cubres de regalos, vuelas a su lado siempre que puedes... –agitó las manos en el aire mientras su padre se acercaba con el puño extendido–. Adelante –le desafió–, pero no conseguirás acallarme... nunca lo has hecho –el rey dejó caer el brazo y su hijo continuó–. Esperas que esté siempre en casa y que lo deje todo cada vez que te dignas aparecer. Sin embargo, en las ocasiones especiales, como las celebraciones familiares, no se le permite estar presente. ¿Cómo llamas tú a eso?

–No necesito tu aprobación.

–Mejor para ti –contestó Ibrahim–, porque jamás la obtendrás.

Se puso en pie, pero su padre le obligó a sentarse de nuevo.

–Preferiría estar de pie.

–Aún no te he despedido. Tenemos más cosas de las que hablar.

–Y yo sigo prefiriendo estar de pie.

–Entonces yo haré lo mismo –el rey se levantó. En el aire se respiraba el desafío y ninguno de los dos estaba dispuesto a recular–. He sido muy paciente, pero se me está acabando la paciencia. Haces falta aquí.

–Hago falta aquí –repitió Ibrahim–. ¿No será que hasta que no la veas completamente sola no serás feliz? ¿Habrás completado su castigo cuando todos sus hijos vivan en Zaraq?

–Esto no tiene nada que ver con tu madre. Tiene que ver contigo y con tus deberes hacia Zaraq –rugió su padre siguiendo a Ibrahim que se había dado la vuelta, dispuesto a marcharse–. Tu lugar está aquí. El desierto te llamará, sé que te está llamando.

–No soporto el desierto –Ibrahim soltó una carcajada.

–Le tienes miedo –se mofó el rey–. A veces te veo montar a caballo por la playa y en los alrededores, pero nunca entras. Si decides no escuchar la llamada, al menos me escucharás a mí. Te estoy buscando novia...

–Soy capaz de hacer mis propias elecciones.

–Pero nunca son juiciosas –el rey habló a la espalda de su hijo que se alejaba.

Quería marcharse y eso haría, decidió, en cuanto su padre se marchara. No tenía ninguna intención de compartir nada con él. Ya había tenido más que suficiente de aquellas tierras, de sus leyes, y no permitiría que le eligieran una esposa.

Y entonces la vio.

Una elección muy poco juiciosa.

Sentada en el sofá con el portátil sobre las rodillas, los rubios cabellos recogidos en una resplandeciente coleta y la tarjeta de crédito en la mano. La vio sonrojarse, aunque no levantó la vista.

En realidad ni siquiera hacía falta que él estuviera presente para que se sonrojara.

Sólo con pensar en la noche anterior sus mejillas se incendiaban de vergüenza.

De haber querido, podría haberla hecho suya en el balcón. Podría haber acudido a su dormitorio, pero, ¿qué clase de niñera hubiera sido entonces? Quería marcharse del palacio ese mismo día. Quería aclarar sus ideas antes de volver a pensar en él. Había esperado que la charla con el rey durara más tiempo y que, para cuando hubiera terminado, ella ya estuviera lejos de allí. Sin embargo...

—¿Qué haces? —preguntó él.

La gente no solía colocarse a tu espalda y mirar por encima del hombro lo que estabas tecleando. Y si lo hacía, solía fingir desinterés. Sin embargo, Ibrahim no era como la mayoría.

—Estoy reservando una excursión.

—¿Una excursión?

—Por el desierto.

—Baja.

Georgie estaba estupefacta ante tanta osadía.

—¿Siempre eres tan...? —ni siquiera era capaz de expresarlo en una palabra.

Dado que no obedeció sus órdenes con la rapidez deseada, Ibrahim se inclinó sobre ella, le apartó la mano y movió él mismo el cursor. Y Georgie encontró la palabra: «invasivo».

—«Una auténtica experiencia desértica» —leyó en tono burlón—. Te alojas en un palacio, tu hermana es una princesa, ¿y estás considerando hacer una visita guiada?

—Felicity está ocupada —Georgie suspiró.

–¿Con Jamal?

–No. Karim marcha hoy al oeste para valorar la situación de los beduinos. Le ha pedido que lo acompañe y ella ha accedido. Regresará tarde.

–¿Y por qué no te has presentado al papel de niñera? ¿No te lo ha pedido?

–Sí –Georgie se sonrojó–. Pero le dije que no. Le dije que viendo lo ocupada que estaba, había hecho planes para los dos días siguientes.

–Qué tía más mala.

–Qué tía más buena –Georgie lo había pensado mientras le daba el biberón a su sobrina durante la noche–. Quiero ser su tía, no su niñera. Por eso, cuando Felicity me pidió esta mañana que cuidara de ella, dije que había hecho planes –puso los ojos en blanco–. Ahora sólo me queda hacerlos de verdad.

–No puedes apuntarte a una excursión –él sacudió la cabeza–. Es como si me invitaras a cenar y yo tuviera que pedir comida preparada.

Ibrahim estaba enfadado e inquieto tras la charla con su padre. Se sentía confinado y en un instante se decidió.

–Yo te llevaré.

–No creo que sea buena idea –Georgie se imaginó la reacción de su hermana.

–Pues yo creo que es una idea muy buena –contestó Ibrahim. Los dos días que llevaba en Zaraq habían servido para curar su nostalgia y recordarle por qué se había marchado de allí–. Podrás ver el desierto, y a mí también me apetece ir.

Se enfrentaría a sus demonios. El desierto no lo llamaba, no era una persona ni una cosa. Iba a entrar, porque se negaba a tenerle miedo. Se lo enseñaría a Georgie, y se marcharía.

–Daré órdenes para que preparen a los caballos.

–Hace años que no monto a caballo –protestó ella–. Prefiero el autocar con aire acondicionado.

–Entonces te llevaré en coche.

–Escucha, no creo que mi hermana lo aprobara, y no tiene nada que ver con... –la voz de Georgie se fue apagando. ¿Por qué no iba a poder ir con Ibrahim? Sobre todo después de oír lo que dijo a continuación.

–Pero tendrás que prometerme que mantendrás las manos alejadas de mí –él sonrió–. De lo contrario, nuestras almas quedarán unidas para siempre –puso los ojos en blanco–. No es más que un montón de tonterías. Mira a mis padres. Pero mejor no correr riesgos.

–Seguro que podré contenerme –Georgie le devolvió la sonrisa–. No eres tan irresistible.

–Mentirosa –Ibrahim rió–. Te estoy reservando para Londres.

La prepotencia del príncipe no le resultó irritante sino conmovedora. Y la posibilidad de verlo lejos de tanta rigidez le daba esperanzas sin compromiso.

–Llama a Felicity y dile que has reservado una excursión... con un guía experto.

Sonrojándose violentamente, Georgie obedeció.

–¿Y qué pasará si lo descubre?

–¿Cómo iba a descubrirlo?

–¿El servicio no hablará?

–Te sacaré a escondidas –contestó Ibrahim–. Les pediré que me preparen comida para llevar. Siempre ponen para un regimiento. Están acostumbrados a que me vaya.

–¿Estás seguro?

Ibrahim no lo estaba.

No estaba seguro de nada, sobre todo de ella.

Una mujer que cambiaba de opinión en un abrir y

cerrar de ojos, una mujer contra la que le había advertido su hermano esa misma mañana, era causa seria de problemas.

Sin embargo, tenían algo pendiente y a Ibrahim no le gustaba dejar nada inacabado.

Además, en el desierto no podrían concluirlo. El desierto tenía sus propias reglas.

—Me apetece pasar el día contigo.

Era lo único de lo que estaba seguro.

Capítulo 8

IBRAHIM frunció el ceño al ver el estudiado atuendo con el que Georgie se subió al Jeep.

Llevaba unos pantalones cortos de lino, camiseta y zapato plano. Desde luego nada que ver con lo que había esperado que se pusiera.

–Mira a ver si tu hermana tiene alguna túnica.

–¡No pienso ponerme una! –exclamó Georgie–. Además, en la guía turística ponía que...

–Ellos hacen un simulacro de excursión. Yo te voy a enseñar el verdadero desierto –interrumpió Ibrahim–. Te vas a quemar.

–Llevo protección total.

–Pues luego no vengas llorando a mí a las tres de la madrugada –contestó él con una traviesa sonrisa–. Claro está que serás bienvenida, pero no esperes simpatía por mi parte.

Georgie tragó saliva. Estaban coqueteando de nuevo e iban a pasar un día entero en el desierto. Solos. Era algo con lo que ni siquiera se había atrevido a soñar.

Ibrahim iba vestido para el desierto, nada que ver con el hombre que ella conocía. Sólo con mirarlo sintió un estremecimiento hasta la punta de los pies pues, de haber podido conjurar una imagen de él, así lo habría visto. Iba vestido con una túnica blanca, sandalias de cuero y un pañuelo blanco y negro sobre la cabeza que le ocultaba los cabellos y hacía que resaltara más su rostro.

Condujeron durante kilómetros, hasta que se acabó la carretera. Ibrahim lanzó el Jeep sobre las dunas, acelerando y frenando, conduciendo como si estuviera haciendo surf. No había motivo para sentir miedo, decidió. Allí no había más que cuentos de hadas y arena.

Aparcó cerca de un cañón que no tenía más que unos pocos arbustos.

—¿Esto es? —preguntó Georgie, sorprendida ante su propia desilusión.

—Esto es —contestó Ibrahim—. Tú lleva la alfombra y yo llevaré la comida.

—¿Adónde?

—A la mesa de picnic —bromeó él.

—Qué gracioso... —exclamó ella consciente de haber sido un poco superficial.

No pretendía verse rodeada de bailarinas, ni que Ibrahim apareciera con una pipa de agua, aunque en un rincón secreto de su mente había soñado con ello. Sintió el abrasador calor sobre la cabeza y oteó el horizonte intentando ver la ciudad o el palacio que habían dejado atrás, o por lo menos el azul del mar que rodeaba la isla, pero no había más que arena.

—¿En qué dirección está el palacio?

—Por ahí —Ibrahim le señaló la dirección mientras extendía una manta junto al Jeep para conseguir algo de sombra. Ella se sentó y aceptó un té helado con limón y menta.

—Quieres ver camellos —rió él.

—Supongo —admitió ella—. Y me encantaría ver a la gente del desierto.

—Puede que nos encontremos con alguien, pero la mayoría vive más en el interior.

—¿Cuál es esa enfermedad que sufren los beduinos? —preguntó Georgie.

–Es un virus –le explicó Ibrahim–. Con tratamiento no es grave, y la mayoría está vacunada. Al menos la mayoría en Zaraqua, pero lejos de la ciudad... –miró hacia el horizonte–. Más allá de la protección del rey, no hay nada. Sólo es accesible en helicóptero. No hay gasolineras, no hay carreteras...

–¿Y qué pasa si necesitan ayuda?

–Así han elegido vivir –Ibrahim repitió las palabras de su padre–. Hace diez años se hicieron unas propuestas para urbanizar, pero los mayores se negaron a ningún cambio y al final las construcciones se hicieron en la ciudad, el hospital y la universidad.

Él la vio moverse inquieta sobre la manta. Los pantalones y camiseta de lino le incomodaban visiblemente y tenía las mejillas sonrosadas. Pero en lugar de exclamar «te lo dije», se dirigió al vehículo en busca de un pañuelo que le ató sobre la cabeza.

–Ya está –se sentó complacido de ver su gesto de alivio y le entregó una caracola de mar–. Así estarás protegida.

–¿Provienen de cuando aquí había un océano?

–A lo mejor –contestó él–. O quizás las haya traído algún animal pequeño. Hay más preguntas que respuestas –extendió una gruesa capa de queso de cabra sobre un trozo de pan y se lo ofreció. Georgie hizo un gesto de desagrado y sacudió la cabeza.

–No me gusta el queso de cabra.

–A mí tampoco –contestó Ibrahim–, si viene de una tienda. Prueba éste.

El príncipe sujetó el trozo de pan contra su boca. Era un gesto que normalmente ella no soportaba. A pesar de estar curada, había ciertos límites y él acababa de cruzar uno involuntariamente. Sujetó el pan contra sus labios y le dijo que lo debería comer, pero los ojos negros la acariciaban y, por primera vez en una situación parecida, no sintió miedo.

—Pruébalo —insistió él—, y disculpa si no es de tu agrado.

Pero resultó que sí fue de su agrado. Había un sabor en él que fue incapaz de identificar.

—Las cabras se alimentan únicamente de tomillo —le explicó Ibrahim—. Eso lo convierte en una exclusiva delicia.

Y Georgie probó otras cosas.

Frutas, de las que nunca había oído hablar, secadas bajo el sol del desierto. Bajo el pañuelo se sentía fresca y junto al príncipe se sentía valiente, y en absoluto asustada ante el silencio. Se tumbaron sobre la alfombra, pero ella sabía que no la besaría, a pesar de la electricidad que había entre ellos. Pronto tendrían que regresar. Habían conducido durante horas y sólo les quedaba medio depósito de gasolina.

—Lo percibirías mejor si te dejara sola —susurró él mientras contemplaban el cielo.

—Me moriría de aburrimiento —ella sonrió.

—No —le aseguró Ibrahim—. Eso lo dicen para asustar a la gente —se tumbó de lado, mirándola a los ojos—. Cuando yo tenía cuatro o cinco años, mi padre me trajo aquí. Me pasaba lo mismo que a ti, estaba aburrido del picnic...

—Yo no estoy aburrida —interrumpió ella—. Contigo no me aburro.

—Aburrido —insistió él—. Así me sentía yo, y muy poco impresionado. Y de repente mi padre se subió al Jeep y arrancó. Pensé que se había olvidado de mí por error, pero no, nos lo hizo a todos.

—¡Te dejó aquí! —Georgie estaba estupefacta.

—Te observan desde lejos, pero tú no lo sabes. Así te

haces fuerte. Cuando estás solo, cuando no hay nadie más, ahí es cuando te sobrecoge.

—¿Y te hizo más fuerte?

—No —rió Ibrahim—. Me quedé sentado y lloré sin parar. Después vomité y... seguí llorando cuando mi padre me tachó de débil, lo cual era cierto —se encogió de hombros. No le importó contar la verdad porque jamás permitiría que lo avergonzaran por sus sentimientos, y eso enfurecía aún más a su padre—. Quería a mi mamá.

—Eso es muy cruel —Georgie no se lo podía creer—. A Azizah no le sucederá.

—No.

—Pero, ¿y si tuvieran un varón?

—¿Te imaginas a Felicity? —él soltó una carcajada y Georgie también—. Creo que podemos estar seguros de que ningún sobrino nuestro será sometido a esa iniciación. ¿Quieres que me marche y te deje aquí? —preguntó—. ¿Quieres quedarte sola un rato?

—No —contestó ella. La mera idea le hacía estremecerse, aunque sí quería algo más del desierto—. ¿Podemos esperar a que se ponga el sol?

—Aún faltan varias horas —Ibrahim levantó la vista hacia el cielo.

—¿Podemos quedarnos?

No podían quedarse sentados en el desierto durante horas. Él sí, porque ya lo había hecho, pero ella tenía la piel fina y no estaba acostumbrada al calor. Ibrahim estaba a punto de explicárselo cuando una idea cruzó su mente y le hizo cambiar de opinión.

—Podemos ir a la tienda —sugirió—. Esperaremos allí. Si quieres podemos montar a caballo, te buscaré uno dócil. Allí también puedo repostar y Bedra, el ama de llaves, estará allí con su marido. Se trata de una tienda real y siempre está disponible para los príncipes o el rey

–hablaba con mucha confianza, como si le estuviera invitando a tomar un café camino del palacio. Sin embargo, hacía años que no había vuelto a esa tienda y la perspectiva no le volvía loco. Pero por algún inexplicable motivo, le apetecía enseñárselo.

–¿Y qué pasará si Felicity...?

–¿Por qué necesitas su permiso? –preguntó él algo irritado, aunque no con ella, sino más bien consigo mismo por la estúpida sugerencia que le había hecho. No tenía ninguna gana de ir a la tienda y casi esperaba que ella se negara–. ¿Quieres venir o no?

–Por favor.

Georgie no alcanzaba a comprender el cambio de actitud en Ibrahim, pues se puso en pie, recogió la manta y la arrojó al Jeep, dejando los restos de comida para los animales. Condujeron en medio de un tenso silencio y, quizás se debiera al exceso de sol, pero ya no se sentía relajada en su compañía. Aun así, debió quedarse dormida pues despertó con la cabeza apoyada contra la ventanilla y comprobó que el humor del príncipe no había mejorado nada. El interior del coche estaba casi a oscuras y el viento aullaba mientras arrojaba arena contra el parabrisas. El cielo estaba bañado en tonos marrones y dorados. Ibrahim, que había encendido el GPS, la miró de reojo.

–¿Estamos en medio de una tormenta de arena?

–Llevamos una hora así –asintió él–. Repostaremos y regresaremos de inmediato. De todos modos no podrás ver la puesta de sol. Le pediré a Bedra que nos prepare algo y luego regresaremos al palacio.

–¿No será peligroso?

–Lo es si no sabes lo que haces –contestó Ibrahim–. Estaremos bien –a pesar de la seguridad que imprimía a sus palabras, no estaba muy confiado.

La visibilidad era casi nula y empeoraba por momentos. A no ser que pasara la tormenta, tendrían que esperar en la tienda. Incluso había sopesado la posibilidad de pararse, pero si la tormenta empeoraba, quedarían enterrados. Era preferible dirigirse hacia la tienda.

Había consultado las previsiones antes de partir y jamás la habría llevado al desierto de haber sabido que se estaba formando una tormenta. Sin embargo, ni siquiera en la radio se informaba de ella. Miró de reojo a Georgie que manipulaba la salida de aire.

—Déjalo cerrado —rugió, reprimiéndose por el tono, pues ella no tenía ni idea del peligro.

—¿Por qué hemos parado?

—Porque hemos llegado.

Más allá de la cortina de arena, Georgie divisó lo que parecía una tela ondeando al viento.

—No te muevas —ordenó el príncipe—. Te ayudaré a bajar.

Georgie no necesitaba que ningún príncipe le sujetara la puerta y, decidida, se bajó por su propio pie del coche. De inmediato comprendió que Ibrahim no estaba siendo caballeroso. La arena le irritó la piel de las manos con las que se tapaba los ojos. El aullido del viento era ensordecedor y en pocos segundos tuvo la boca y la nariz llena de arena. Y en mucho menos tiempo se encontró totalmente desorientada y perdida. El coche no debía estar a más de dos o tres pasos, y la tienda a unos pocos metros, pero se sentía como si le hubieran dado vueltas jugando a la gallinita ciega. Completamente desorientada, sintió algo muy parecido al pánico mientras percibía por primera vez el poder del desierto. De repente notó la gruesa túnica blanca de Ibrahim, y su brazo, tirando de ella y cubriéndole el rostro con el pañuelo. La guió con dificultad hasta la tienda y la empujó al interior.

Pero la paz que sintió al entrar no duró mucho tiempo.

Mientras ella tosía sin parar, escupiendo arena, él encendió una lámpara de aceite.

–Cuando te diga que esperes, esperas.

–Intentaba... –¿Qué? Su voz se apagó. ¿Demostrarle que no necesitaba que nadie le abriera la puerta? ¿Demostrar lo independiente que era en medio de una tormenta? No había ninguna respuesta adecuada.

–No estoy seguro de si eres ingenua o ignorante –Ibrahim estaba furioso–. Podrías haber muerto –no mostró ninguna piedad, pero tampoco exageró–. En lo que tardé en rodear el Jeep podrías haberte perdido. ¡Escúchame! –bramó–. En medio de una tormenta, una tan fuerte como ésta, puedes perderte en unos segundos. O ahogarte con la arena.

–Lo siento –se disculpó ella, aunque Ibrahim no la escuchaba.

–¡Bedra! –gritó–. ¿Dónde está todo el mundo?

Caminó en la oscuridad, encendiendo lámparas a su paso, revelando con cada llamarada la belleza de aquel lugar. El suelo y las paredes de la tienda estaba cubierto de alfombras y había adornos e instrumentos que Georgie no reconoció. Aquél era el desierto con el que había soñado y se paseó admirándolo todo mientras el príncipe cada vez estaba más furioso recorriendo los pasillos y llamando a todos.

–Aquí hay una nota –exclamó Georgie–. Al menos creo que es una nota –se la entregó a Ibrahim y contempló la expresión de incredulidad que asomaba a su rostro.

–¿Por qué iban a acudir Bedra y su marido en auxilio de los enfermos? Su deber es atender el palacio del desierto. Deberían estar aquí permanentemente.

–Bueno, dado que ella es médico, puede que su presencia sea de utilidad allí.

Georgie lamentó al instante haberlo dicho, pues por el ceño fruncido en el orgulloso rostro del príncipe supo que él desconocía ese dato. Felicity le había hablado de la labor secreta que llevaba a cabo junto a Karim en beneficio de los beduinos, de la clínica móvil que dirigían y de cómo Breda era mucho más que una doncella. Había dado por hecho que, aunque el rey no estuviera al corriente, Ibrahim sí, a fin de cuentas era el hermano de Karim, pero era evidente que no se lo habían contado.

–Ella no es médico –espetó él en tono burlón–. Es un ama de llaves y su sitio está aquí.

Sin embargo, al explorar la tienda, resultó evidente que había cosas que desconocía, porque más allá de los aposentos del servicio, donde los miembros de la familia real jamás se aventuraban, había toda una zona destinada a tratamientos, tan bien equipada como cualquier quirófano moderno.

–No estoy segura –Georgie no pudo resistirse–, de si eres ingenuo o simplemente ignorante.

Por un instante se preguntó si no habría ido demasiado lejos, pero él reaccionó encogiéndose de hombros y sacudiendo la cabeza.

–Es evidente que soy ignorante –contestó–. ¿De verdad es médico?

–No debería haber dicho nada. Espero no haber metido en un lío a Karim.

–Como si fuera yo a chivarme. ¿Por eso se pasa la vida en el desierto? Me preguntaba qué le sucedía, ¿cuánta vida contemplativa necesita un hombre?

La carcajada de Georgie se convirtió en un ataque de tos.

–Comprobé las previsiones antes de partir... – Ibrahim seguía enfadado consigo mismo por haberla puesto en peligro–. No había ninguna indicación de una tormenta tan fuerte.

–¿Se producen muchas?

–Sí –asintió él–, pero ésta es de las peores.

–¿Podría volarse la tienda?

–Están diseñadas para estos fenómenos –él rió antes de darle toda una serie de detalles técnicos propios de un ingeniero.

–¿Estarán bien Felicity y Karim? –Georgie tenía otra cosa en la cabeza.

–Estarán bien –le aseguró él–. Karim sabe qué hacer. Estarán esperando, igual que nosotros. Con este tiempo no pueden volar de regreso.

–Felicity debe estar histérica –ella cerró los ojos–. Debería haberme quedado en el palacio para cuidar a Azizah.

–¿En previsión de que su madre se quedara atrapada en medio de una tormenta? –Ibrahim sacudió la cabeza–. No puedes pensar así –el viento aulló y él supo que no tenían ninguna posibilidad–. Nos quedaremos hasta que termine, pero creo que pasaremos aquí la noche.

Se dirigieron de nuevo al salón principal y el príncipe contempló a Georgie inspeccionar los tapices y demás objetos. Jamás habría osado planear algo así. Jamás la habría llevado allí de haber sabido que estarían solos.

Georgie tenía las mejillas sonrosadas por el sol y los brazos ligeramente quemados. La ropa estaba arrugada y los cabellos revueltos. La deseaba. Muchísimo. Pero no tenía intención de desafiar al desierto. Seguiría las reglas... pero a su manera.

Nunca había necesitado cazar, se conformaba con la excitación de la captura. Jamás había tenido que desear o esperar, y nunca le habían rechazado... salvo en una ocasión.

Y allí estaba ella.

Y ya no quería esperar hasta regresar a Londres.

Aquella noche saborearía la excitación de la caza. Aquella noche se aseguraría de que ella no volviera a rechazarlo. La seduciría, alimentaría, desplegaría cada átomo de sus innegables encantos. La pondría a punto y la dejaría cocer a fuego lento toda la noche. Iban a madrugar, decidió, así podría contemplar el amanecer. Y luego la llevaría a un hotel y se acostaría con ella cuando estuviera madura, dispuesta y deliciosa. Y ni siquiera tendría que extender la mano para tomarla. Caería en sus brazos por ella misma.

Es más, decidió, Georgie iba a suplicarle.

–¿Qué pasa? –preguntó ella al verlo sonreír.

–Estaba pensando en que vas a poder disfrutar de tu tan ansiada experiencia en el desierto. Bedra habrá dejado comida, la mesa está puesta y esta noche podemos darnos un festín. Mañana, cuando la tormenta haya pasado, podrás levantarte temprano para contemplar el amanecer –se acercó a ella con gesto tranquilizador al ver que fruncía el ceño–. Dormiremos en habitaciones separadas. Ven, te enseñaré los aposentos de los invitados.

Atravesaron el salón. El aire era cálido y denso y ella vio una zona delimitada por una cortina tras la cual se vislumbraba una cama tan alta que casi se necesitaban escaleras y un trampolín para subirse a ella. La habitación olía a almizcle y a excitantes aceites exóticos que, sin duda, servían para asegurar la descendencia futura, y la cama estaba cubierta de colchas y cojines. Ibrahim la dejó deleitarse ante la vista antes de agarrarla del codo.

–Ésa es mi habitación. La tuya está por aquí.

Exactamente a treinta y cuatro pasos. Y Georgie lo

supo porque contó cada uno de ellos. Ibrahim sabía que, más tarde, volvería a contarlos mentalmente pues aunque su habitación era preciosa, estaba pensada para un invitado, no para una princesa. El ligero parpadeo le indicó que ella lo sabía.

–Es preciosa –afirmó Georgie, porque, en efecto, lo era.

Aparte de la habitación en palacio, era sin duda el lugar más bonito en el que se había alojado jamás, pero su mente estaba en el dormitorio de Ibrahim con las gruesas colchas y la cama en la que uno podría hundirse.

–Puedes hacer libre uso de los aposentos de los invitados –el príncipe retiró una cortina y dejó al descubierto una colección de coloridas y lujosas prendas.

–No puedo ponerme la ropa de otra persona.

–Está aquí para uso y disfrute de los invitados que no vienen preparados –él echó un vistazo por la habitación–. Todo sigue igual... –en su voz había un tono meditabundo–. Te dejaré sola para que puedas bañarte y luego podrías vestirte para la cena.

–¿Vestirme para cenar?

–Querías una auténtica experiencia desértica. Bueno, pues te la voy a ofrecer –la miró divertido mientras Georgie tragaba saliva con dificultad–. Prepararé el salón.

A pesar del decorado recargado y clásico, las instalaciones eran totalmente modernas y Georgie llenó la antigua bañera con agua caliente y después eligió un aceite aromático. Tras horas en el Jeep y después de haberse llenado de arena y suciedad, era una delicia poder sumergirse en el agua cálida y aromatizada. Podría haberse quedado allí horas y horas, de no haber sido por el hambre que sentía.

Lo que desde luego no estaba dispuesta a hacer era elegir entre la ropa para invitados.

No necesitaba ningún armario repleto de prendas para invitados inadecuados. Sin embargo, reconsideró su postura al recordar las marcas que aún tenía en la cintura del pantalón corto que había llevado y la camiseta, que tan ligera y fresquita había parecido en la tienda de Londres, y que se había convertido en un guiñapo arrugado y sucio.

Así pues, echó un vistazo a los vestidos colgados, amplios caftanes que se deslizarían por su cuerpo. ¿Qué problema tenían en Zaraq con el color amarillo? Sin embargo, la mano se fue ralentizando al llamar su atención las prendas bordadas y con pedrería. Estaban colocadas en tamaño decreciente, y casi al final encontró un ajustado vestido de color rojo oscuro con unas pequeñas cuentas de cristal en la parte delantera y unas bonitas hojas doradas bordeando el dobladillo. Jamás habría elegido esa prenda para ella aunque seguramente se trataba de la más bella que hubiera visto jamás.

La tela, de la mejor de las sedas, se deslizó entre sus dedos y ella cerró los ojos mientras se lo ponía. Le acarició todo el cuerpo y, al mirarse al espejo, apenas reconoció a la mujer que la miraba. No era una niña, ni una jovencita, sino una mujer desprovista de toda torpeza, como si el aromático baño se la hubiera extirpado quirúrgicamente. Le gustaba lo que veía y quiso mejorarlo. Echó un vistazo a las brochas y frasquitos llenos de maquillaje y de perfumes. Destapó uno y aspiró el aroma almizclado. Deseaba vestirse para él. Deseaba disfrutar de su noche en el desierto.

Las habilidades culinarias de Ibrahim se limitaban a su capacidad para llamar por teléfono a sus restaurantes favoritos y encargar la comida. Su cocina en Londres estaba bien equipada y abastecida gracias al ama de llaves. Ocasionalmente, en el palacio, por la noche se sentaba a charlar con el cocinero mientras éste le preparaba un tentempié. Pero en el desierto las cosas eran diferentes. Allí se abandonaba a los jóvenes príncipes para que aprendieran a valerse por sí mismos. No es que le hiciera falta aquella noche, pues Bedra era a la vez médico y ama de llaves del rey. Al abrir el tercer frigorífico encontró fuentes dignas de un rey. También había jarritas con distintas hierbas. Lo único que tuvo que hacer fue añadir agua y portar las bandejas, pero eso no le impidió sentirse orgulloso de su obra. Incluso encendió unas velas e incienso y puso música para ahogar el sonido del viento. Después se dirigió a sus aposentos para bañarse y cambiarse.

Aunque no solía hacerlo en el desierto, aquella noche se afeitó. Mientras la cuchilla se deslizaba por su rugosa barbilla, pensó en la delicada piel de las mejillas de Georgie y en su boca. En efecto, no podía negarlo, se estaba preparando para ella.

Preparándose para el día siguiente, se advirtió a sí mismo, pues a la tienda se llevaba a la recién desposada. Era el lugar elegido para consumar la unión y, aunque no creía a ciegas en la tradición, aquella noche la respetaría.

Se dirigió al salón. Tenía hambre y se preguntó por qué tardaba ella tanto. Sin embargo, cada segundo de espera mereció la pena, como constató al verla aparecer, algo tímida, pero nada incómoda.

—Estás... —Ibrahim no pudo terminar la frase.

Porque no sólo estaba hermosa con los rubios cabellos aún húmedos y la piel sonrosada por el agua caliente, sino que parecía pertenecer al desierto. De algún modo, a pesar de la palidez de sus rasgos, a pesar de todo, parecía pertenecer a ese lugar. Ibrahim se preguntó si aquella noche, juntos, pero separados, no sería más de lo que podría soportar.

Se preguntó hasta dónde iba a poder seducirla.

Los ojos de Georgie destacaban azules sobre su pálida piel. No había ni rastro del kohl que tanto le endurecía la mirada, sólo un ligero toque de plata en los párpados que brillaban cada vez que pestañeaba. Los labios sí estaban pintados, del mismo tono rojo que el vestido, y temblaron ligeramente cuando él fijo su mirada en ellos. Tener que esperar al día siguiente para besarlos lo estaba matando.

Georgie se sentó en el suelo ante la mesa baja e Ibrahim la acompañó. Normalmente se mostraba un poco nerviosa ante la comida que no conocía, pero en esos momentos lo miraba todo con curiosidad. Los nervios, sin duda, se debían a otros motivos.

—Prueba —el príncipe le ofreció una pieza de fruta que parecía una mezcla entre melocotón y manzana. Después eligió otra para él antes de detenerla cuando estaba a punto de darle un mordisco a la fruta—. Es *marula*, se bebe.

Ibrahim apretó la fruta entre sus dedos y la sostuvo sobre la boca. Georgie contempló el pegajoso líquido deslizarse por sus manos antes de tomar una pajita y hundirla en la fruta. Aquello hizo que su mente se disparara hacia enloquecedores lugares, pues esa fruta era su cuerpo y contuvo la respiración mientras él la atravesaba con la pajita.

Ella intentó imitarlo, aunque con menos habilidad. Aunque el zumo era dulce, cálido y delicioso, lo que más deseaba era lamer el que aún resbalaba por las manos de Ibrahim.

Al comer todo cambió, pues pudo concentrarse en el

alimento. Sin embargo, cada pedazo que se deslizaba por su garganta era atentamente observado por él. Y ella ansiaba sentir la boca del príncipe en ese lugar que tan fijamente miraba.

Ansiaba que sus lenguas se entrelazaran sobre el mismo trozo de granada, pero él le ofreció una mitad, quedándose la otra.

—Aquí no hay cucharas —le explicó. Era una costumbre que convertía la comida en un acto casi libertino y muy excitante.

Por primera vez, Georgie lamentó que la comida hubiera terminado. Mientras se dirigían a los sillones, ella sólo deseaba regresar a la mesa.

E Ibrahim lo sabía.

Sin embargo, en el sofá estarían más seguros y ella bebió agradecida el dulce café, tomando incluso una segunda taza para poder mantenerse sobria.

—El problema de las antigüedades —explicaba Ibrahim mientras llenaba su taza de una cafetera que se había utilizado desde su infancia —es que nunca se tira nada. Nada cambia. Siempre es todo igual.

—¿Tanto odias este lugar?

—No —contestó él—. No siempre —al ver la confusión reflejada en la mirada de la joven, continuó—. Conozco cada rincón de esta tienda. Solíamos venir cuando yo era niño... eran buenos tiempos.

Ibrahim no tenía ganas de hablar. Quería seducirla lentamente, hacer que ella lo deseara por la mañana, pero Georgie le pedía más.

No era la primera vez que se descubría a sí mismo hablándole de cosas que lo torturaban. Oía su propia voz pronunciar palabras que jamás había pronunciado. Además, Georgie no se limitaba a escuchar, no asentía, participaba.

–¿Estaba tu madre aquí entonces? ¿Fue después de su marcha cuando todo cambió?

Ibrahim cerró los ojos, pero las preguntas no desaparecieron. Reflexionó sobre ello. Con su madre allí, todo había sido diferente. Su padre solía reír y los niños jugar y pasar el día entero buscando una flor rara para que la doncella la colocara en la bandeja de desayuno de su madre. Ahmed y él solían jugar en una cueva que estaba a una mañana de caminata de allí y los sirvientes los encontraban al anochecer, pero la reprimenda siempre valía la pena.

En aquellos tiempos no había conocido el temor junto a Ahmed, sólo la arrogancia propia de la juventud, pues nada podía lastimar a los jóvenes príncipes.

–Todo simplemente cambió –contestó Ibrahim.

–¿Tras la muerte de Ahmed?

Nadie más se había atrevido a ir tan lejos con sus preguntas.

–Por él yo habría sido rey –Ibrahim había sobrepasado el enfado y se mostraba salvaje–. De habérmelo pedido, de haber compartido sus miedos conmigo. Sin embargo... –no podía perdonar a su hermano y eso también mataba una parte de él mismo. Tampoco soportaba seguir hablando de ello y decidió cambiar de tema–. Todo cambió por varios motivos. Durante unos años, éste fue nuestro lugar de juegos, pero a los diecisiete te envían un mes a solas, antes de entrar en el ejército. Es un periodo de transición. Durante un mes debes vagar por el desierto y encontrar el camino de regreso a la tienda.

–¿Sin nadie que te ayude?

–Sin nadie –contestó él–. Recuerdas el miedo que pasaste de pequeño cuando te abandonaron, pero en esta ocasión no hay nadie mirando desde lejos. De modo que, lentamente, te armas de valor y caminas hasta casa.

–¿Caminas? –Georgie se sentía espantada ante la idea de que se abandonara a un adolescente a su suerte y luego se le obligara a caminar durante kilómetros–. ¡Y como recompensa, el ejército!

–No –Ibrahim sacudió la cabeza–. Primero te conviertes en un hombre. Es un incentivo muy bueno para seguir caminando hasta el palacio. Allí te espera tu recompensa.

Georgie pestañeó y, mientras sus miradas se fundían, de repente lo comprendió.

–Es asqueroso –balbuceó sonrojándose.

–¿Por qué? –él se mostraba divertido–. Soy un príncipe real, la mujer con la que me case deberá ser virgen. Es mi deber ser un amante consumado.

–¡Para enseñarla! –espetó ella.

–Por supuesto –contestó él–. Pero incluso el maestro debe aprender primero.

–Haces que parezca aséptico.

–¿Por qué? –la desafió–. A ti te parece aséptico, pero te aseguro que no lo fue.

–No se puede... enseñar –exclamó ella, aunque sus argumentos empezaban a flaquear porque ella misma había aprendido mucho en sus brazos–. No es que... –las palabras la abandonaron–. Algunas cosas... –lo intentó de nuevo antes de cerrar los ojos derrotada.

¿Cómo admitir que no eran sólo sus habilidades lo que le volvía loca? Era todo él. Era la curva de su arrogante boca y el aroma de su piel. Si siguiera allí sentado sin moverse, si no se moviera mientras ella se inclinaba hacia delante para besarlo, si se limitara a tumbarse mientras ella exploraba su cuerpo con las manos, sería estupendo. Su cuerpo no deseaba las habilidades de Ibrahim, lo deseaba a él.

–Cuando nosotros... –Georgie tragó con dificultad.

Necesitaba contárselo–. Cuando no te dejé seguir, no fue porque...

–No quiero hablar de ello –sería demasiado peligroso recordar aquella noche en ese momento y lugar. No ayudaría nada entrar en los detalles de lo sucedido.

–Por favor. Quiero...

–Ya me has oído.

Qué grosero podía llegar a ser. Irritada y enfadada por cómo daba por zanjada una conversación cuando no le interesaba, se dedicó a recorrer el salón para inspeccionar los numerosos objetos de valor. Deslizó la mano por un instrumento tras otro y, por primera vez en su vida, sintió deseos de bailar. Quería subir el volumen de la música y acercarse a él. Tenía la sensación de haberse vuelto loca y se preguntó qué llevaba la fruta que había comido, pues el desierto le había liberado de toda inhibición. Se obligó a centrarse en la exploración y tomó una pesada botella de cristal, quitándole el tapón.

–No son para uso cosmético –Ibrahim se acercó a ella y, arrebatándole la botella volvió a taparla–. Son medicinales.

–Ya lo sé –contestó Georgie muy molesta–. Me dedico a estudiar estas cosas.

–Son muy potentes.

–¡Ya lo sé! –le irritaba el desprecio que se reflejaba en los ojos del príncipe–. Sólo porque no creas en mi trabajo...

–Sí creo.

–Entonces, ¿por qué te muestras tan despreciativo?

–No es verdad... –la voz de Ibrahim se apagó, porque ella estaba en lo cierto–. Estos aceites son el resultado de miles de años de aprendizaje, de sabiduría, nuestras costumbres...

–¡Que no pueden aprenderse en un cursito de cuatro semanas! –Georgie estaba al borde de las lágrimas, no por el desprecio del príncipe ni por su mofa, sino porque sentía que había algo de verdad en ello. Era una duda que ella misma se había planteado: si sería capaz de aplicar tan ancestrales conocimientos.

–¿Crees en lo que haces? –preguntó él.

–Por supuesto –contestó Georgie–. Creo en ello, pero sé que hay mucho que aprender.

–Siempre hay más que aprender, y siempre lo habrá.

–O sea que opinas que no debería ejercer.

–Yo no he dicho eso. Yo mismo acudo a darme algún masaje en Londres, con profesionales como tú... –aclaró sin rastro de desdén–. Trabajan con los aceites, pero su mente no está presente –¿cómo explicar algo que ni él mismo entendía?

–La mía sí lo está –Georgie había comprendido perfectamente y le quitó la botella de las manos. Retiró el tapón, aplicó una gota en un dedo y frotó con él la garganta de Ibrahim.

Él permaneció rígido mientras el dedo de Georgie se deslizaba por su garganta y masajeaba en pequeños movimientos circulares el timo, la zona que albergaba las emociones pasadas y que, en su caso, estaba llena.

El aceite olía a incienso, bergamota, y algo más que ella no conseguía identificar. Siguió moviendo el dedo en pequeños círculos y con la mente muy presente.

Fue Ibrahim quien reculó.

–¿Así te ganas la vida? –preguntó mientras le sujetaba la mano.

–Lo dices como si fuera la dueña de un turbio salón de masajes. Aquí se trata de energías y curación y relajación –Georgie sacudió la cabeza con impaciencia–. No tengo por qué explicarte lo que hago.

–Muéstramelo –Ibrahim le soltó la mano que siguió describiendo círculos. Normalmente habría sido una extensión del juego de la seducción. Pero en aquella ocasión había algo más. Sentía el pulso en las yemas de los dedos y deseaba sentir algo de esa paz de la que le había hablado–. Muéstramelo –insistió.

Estaba acostumbrado a recibir masajes. Como buen jinete, no eran inusuales los golpes en la cadera o el hombro. Utilizaba el masaje para aliviar dolencias físicas, pero quería más. En Londres, a menudo se regalaba un buen masaje, pero por hábiles que fueran las manos, por relajado que estuviera su cuerpo, su mente no conseguía descansar, y eso era lo que más deseaba: paz y claridad de pensamiento. Y durante un segundo, Georgie le había proporcionado ese alivio. Pero quería más.

Se quitó la túnica y se tumbó sobre los cojines del suelo. Su cuerpo estaba cubierto únicamente por un fajín y ella se sintió algo torpe mientras elegía los aceites entre la amplia selección. Se enfrentaba a su mayor reto profesional y no sabía cómo iba a conseguir salir airosa ante ese cuerpo tan exquisito. Estaba acostumbrada a mujeres tímidas y frágiles, nada que ver con aquello. La musculosa espalda del príncipe aguardaba el contacto de sus manos, pero había un problema.

–Tienes que tumbarte boca arriba –ordenó con la voz más neutral que pudo producir.

Tras tensar ligeramente los hombros, Ibrahim se dio la vuelta y ella le tapó, porque aquello no tenía nada de sexual, era mucho más.

Ibrahim sintió que se esfumaba toda esperanza de relajarse, de disfrutar de las caricias femeninas. Boca arriba, y con ella arrodillada a su lado, iba a necesitar cada gramo de concentración para ignorarla, para no reaccionar según su instinto natural. Debía pensar en cosas, cualquier cosa, que no fuera en esa mujer que se movía hacia los pies. No debía pensar en las manos que se frotaba para generar calor y estaba a punto de darse la vuelta, de decirle que no se molestara, cuando esas manos le agarraron un pie con unos dedos suaves y sedosos.

Georgie había notado su resistencia, su lucha, pero a medida que las manos se deslizaban hacia los pies y le masajeaba las plantas, sintió su rendición en el momento en que le entregó su mente. Tuvo un momento de duda, pues no sabía si era merecedora de tanta confianza. El curso de cuatro semanas se enfrentó a las artes del desierto, pero ella supo qué hacer y las dudas se esfumaron. Tenía la sensación de que el techo había desaparecido y que el sol brillaba de nuevo sobre su cuerpo, calentándole los dedos. Sus manos sabían qué hacer y se entregó a la sanación junto con Ibrahim. Era el desierto el que le indicaba cómo proceder.

Le untó los pies con aceite de lavanda y abeto y, lentamente, ascendió por las pantorrillas y luego las piernas, hasta conseguir una total relajación del cuerpo de Ibrahim, y de la mente de ambos. Aplicándose un poco más de aceite en las manos, pasó al ombligo. Tuvo un momento de duda antes de trabajar delicadamente la zona con jazmín y neroli. Y describió pequeños movimientos circulares en el sentido de las agujas del reloj alrededor del corazón. Ya no oía el viento sino el mensaje que le enviaba, y trabajó el perdón con geranio y otros aceites. Sin embargo, aún sentía algo de resistencia, de deseo de que pasara a otra parte del cuerpo, de modo que pasó al estómago de nuevo. Allí trabajó la liberación con ylang ylang y tanaceto azul. Pero él no cedía.

Añadió melisa, o *bal-smin*, como él había llamado a la fragancia que había percibido sobre ella aquella noche en el balcón. Era un aceite imprescindible y con él alcanzó a Ibrahim. Vio cómo sus ojos se cerraban con fuerza y, de no haberse tratado del príncipe que ella conocía, habría jurado que estaba conteniendo las lágrimas. Entonces sintió la liberación, sintió cómo el dolor se deslizaba entre sus dedos a medida que dejaba marchar a Ahmed. Ése fue el momento elegido para regresar al corazón, que ya no necesitaba de sus dedos, pues ya había perdonado, por lo que los deslizó por el cuerpo hacia los pies para terminar allí el masaje.

Había sido más íntimo que el sexo, y lo más cerca que había estado en su vida de otra persona. Ibrahim abrió los ojos y le invitó con la mirada a que continuara. Pero Georgie volvía a oír la música y a ver al hombre que tenía delante y ya no fue la vocación la que la guió sino el instinto. Contempló sus propios dedos gotear aceite sobre el vientre del estómago de Ibrahim y fue la mujer que había visto reflejada en el espejo la que le arrancó el fajín. Las cálidas manos se deslizaron por el fornido cuerpo y lo acarició sin apartar la mirada de sus negros ojos. Jamás se había atrevido a tocar a nadie así.

Ibrahim supo por la mirada de Georgie, y sus rojos labios inflamados, que iba a tomarlo allí mismo... ¡y cómo lo deseaba!

–No podemos yacer juntos aquí.

Ella lo sentía escapársele entre los dedos, sentía cómo le latía el corazón en la garganta y se mostró osada. Era él quien le hacía comportarse así.

–Nadie tiene por qué saberlo –Georgie observó la sonrisa del príncipe–. Lo que sucede en el desierto permanece en el desierto.

Los dedos de Ibrahim le acariciaron la mejilla antes de hundirse en sus cabellos. Se moría de ganas de atraer ese rostro hacia él. De no esperar al día siguiente. Quería romper las reglas, pero era fuerte, o débil, y no podía desafiar al desierto.

—¿Así trabajas habitualmente?

—Claro que no —ella se sonrojó violentamente.

—Vete a la cama —Ibrahim se levantó y tiró de ella sintiéndose culpable por haberla humillado. Sentía una extraña necesidad de explicarse a sí mismo que era mejor que estuvieran separados—. De todos modos, seguramente volverías a cambiar de idea en el último minuto. Acuéstate, Georgie.

Capítulo 9

FUE LA noche más larga de su vida y la pasó despierta, avergonzada y necesitada.

El aire era denso y cálido y en poco tiempo vació la jarra de agua. Quiso ir a la cocina para llenarla de nuevo, pero tuvo miedo.

Había intentado seducirlo, cerró los ojos mortificada al recordarlo, presumiendo de profesionalidad. Apenas podía creer lo que había hecho. Lo que el desierto le había obligado a hacer.

«Georgie», le oía llamarla.

«Georgie», oyó una vez más y saltó de la cama.

«Georgie», era claramente su voz y atravesó la habitación dispuesta a acudir a la llamada. Pero entonces oyó la aguda risotada del viento y corrió de nuevo a la cama, preguntándose si no se habría vuelto loca.

«Ibrahim». Él también lo oía, pero estaba preparado. Oyó al desierto susurrar con voz seductora y bailar alrededor de su cama, vio su rostro en sueños y, al despertar, incapaz de dormir más, con los dientes apretados y la cabeza a punto de estallar por el insomnio, detuvo la mano que se deslizaba hacia abajo para conseguir el solitario placer. Pues incluso ese placer le estaba prohibido, porque habría estado pensando en ella.

El amanecer debía haber proporcionado alivio, pero no fue así. El viento seguía aullando y la oscuridad lo engullía todo. Georgie oyó los rezos de Ibrahim y al fin tuvo que mostrarse de acuerdo con él, pues ella también odiaba el desierto.

–¿Podemos irnos? –preguntó cuando él hubo finalizado.

–El viento sigue muy fuerte –contestó él sin mirarla a la cara–. Vístete y desayunaremos.

–No tengo hambre.

–Entonces vuelve a la cama y descansa –le ordenó–. Yo haré lo mismo. En cuanto haya pasado el peligro, nos iremos de aquí.

–Tengo miedo –admitió Georgie–. Tengo miedo de los ruidos...

–No es más que viento.

–Me siento como... –expresado en voz alta sonaba incluso peor que en su cabeza–. Me siento como si el viento supiera que anoche hice el ridículo.

–No –Ibrahim se odiaba por lo que le había dicho en un desesperado intento de parar lo que habían estado a punto de hacer–. No hiciste nada malo. No debería haberte hablado así, Georgie... no eran más que cuentos.

–Pero tú crees en ellos.

–No –él sacudió la cabeza–. Sí. No lo sé. Contempló la silueta de Georgie y reconoció el temor en su voz–. Ven aquí.

Ella se quedó inmóvil, sin atreverse a obedecer, pero sin atreverse a regresar a su cama.

–Vamos.

Aquella voz era real. El viento soltó un aullido y ella corrió los treinta y cuatro pasos hasta el cálido consuelo de sus brazos. Ibrahim sentía el corazón de Georgie martillear contra su pecho mientras la abrazaba. Estaba realmente aterrorizada.

–No son más que... –buscó las palabras– relatos de viejas.

—¿O sea que no son ciertos?

—No —intentó explicarle. Pero tampoco se podían ignorar—. No lo creo. Vamos... —la enorme cama era cálida y ella estaba fría—. ¿Tus padres no te contaban historias de pequeña?

—No —ella bufó—. No solían dormirnos con un cuento cada noche precisamente.

—¿Por eso te escapaste? —Ibrahim sintió que se ponía tensa—. Karim me lo contó —admitió—. Aunque no todo. Me hablaba de Felicity, de su infancia, de lo desconfiada que le hizo volverse. Tu padre...

—Era un bruto y un borracho —ella terminó la frase—. Mi madre vivía aterrorizada por él. Incluso después de muerto, sigue llevando las marcas. Todavía toma pastillas para los nervios y sigue asustándose de su propia sombra.

—¿Y tú qué?

—Yo no le tenía miedo... tan sólo quería alejarme de él.

—¿Y por eso te escapabas?

—Pero siempre me enviaban de vuelta —el recuerdo, la injusticia, le enfurecía—. Nunca nos pegó por lo que, aparentemente, no había ningún problema. Vivíamos en medio del caos, bailando al son de su humor, pero...

Georgie no quería hablar de ello, ni revivir todo aquello. Era una época en la que lo único que había sido capaz de controlar era la comida que entraba por su boca, pero Ibrahim parecía comprenderlo sin que ella tuviera que decirlo. Sintió su mano acariciarle el brazo y deslizarse hasta la cintura, al fino esqueleto suavizado por unas ligeras curvas. Y al igual que ella lo había ayudado con sus manos, las de él, cada caricia, le decían que sabía lo difícil que le había resultado ganar la batalla, lo ferozmente que había tenido que luchar para sobrevivir.

Pero no podía besarla.

Sólo un beso. Mientras agachaba la cabeza hacia los deliciosos labios, el príncipe se detuvo un instante.

—¿Qué pasaría? —susurró ella.

—Seguramente nada —con ella a su lado, podía racionalizarlo todo—. Ya te lo he dicho, mis padres...

—Pero ellos se siguen queriendo —interrumpió ella—. Siguen unidos. Felicity me contó —no sabía si estaba revelando un secreto— que Karim no le permitió abandonar el desierto sin...

—Son cuentos de viejas —por fin estaba seguro de ello—. Al fin y al cabo, podría hacerme traer a una concubina desde palacio y no quedaría unido a ella. Son sólo supersticiones.

—¿Y por qué no viene ella a ti? —preguntó—. Quiero decir, de joven. ¿Por qué tienes que caminar hasta el palacio? —le gustaban los relatos y que le contaran historias.

—No sería lo mismo —contestó Ibrahim—. Tu primera vez, tan joven, no sabrías separar ambas cosas... y si la amas en el desierto... —era demasiado absurdo incluso intentar explicarlo, de modo que sonrió y disfrutó de la calma a su lado. Aquella mañana había paz en su corazón, una paz que llevaba años ausente, perdón en su alma. Le estaría eternamente agradecido por ello. Y no podía besarla.

Ya le había causado problemas en anteriores ocasiones, pero aquél fue un beso diferente, un beso lento y reposado. Y para Ibrahim fue la primera vez que experimentó un beso que sólo fuera pura ternura.

Un beso tan agradable no podía ser malo, y Georgie se contentó con él porque llevaba meses deseándolo. Deseando el sabor de su lengua y la presión de sus labios. Durante unos segundos, Ibrahim se sintió demasiado contento para percibir la sensación de los pechos de Georgie a través de la tela, pero cuando el beso ya no bastó, le desabrochó el camisón.

—¿Te diseñó tu hermana este camisón? —bromeó él,

pues incluso con todos los botones desabrochados, era incapaz de alcanzar los pechos.

De modo que deslizó la mano desde la cintura para perseguir su objetivo desde otro ángulo, pero eso no sería juicioso y, a regañadientes, retiró la mano.

Los ojos negros pidieron permiso y ella se humedeció los labios a modo de consentimiento. Ibrahim le rasgó el camisón y reanudó los besos. Georgie sintió su suspiro de satisfacción contra la boca y su mano que encontró el pecho. Le devolvió el beso y sintió la piel satinada bajo los dedos de la mano. No pasaron del beso, aunque las manos de masajista exploraban. Se deslizaron por el torso y el ombligo que ya conocía. Y cuando esas manos se deslizaron más hacia abajo, siguió siendo simplemente un beso.

Y entonces, al recordar la noche anterior, surgió la duda. Pero él la disipó rápidamente llevándole la mano hasta el lugar preciso y gimiendo de placer contra su boca.

Y no dejó de ser simplemente un beso mientras ella exploraba los rincones con los que había soñado toda la noche. Y de repente fue más que un beso porque no le bastó con la boca de Ibrahim y sus labios se deslizaron por el fornido cuerpo, saboreando la salada piel hasta que le impidió seguir, porque él también deseaba más de ella.

—No debemos —murmuró Georgie mientras él la colocaba encima de su cuerpo.

—Esto sí podemos —a Ibrahim le gustaba vivir al filo de la navaja.

Siguió tirando de ella hasta que estuvo a horcajadas sobre él. Después tomó un pecho con la boca y deslizó las manos hasta el trasero hasta que ella se acomodó y se sintió morir, pues aquello debía ser el paraíso.

—No podemos —insistió ella. Nada que ver con el «no puedo», que una vez le había impedido continuar.

–No lo haremos –le aseguró él mientras la punta de su grueso miembro le acariciaba el clítoris. Esperaba oír la advertencia del viento, o una señal que le impidiera continuar, o que Georgie se volviera a echar atrás. Sin embargo, el desierto permaneció silencioso y nada le frenó, y Georgie se mordía el labio inferior para evitar tener que suplicarle que se hundiera en su interior.

Se deslizó apenas un milímetro y supo que ella jamás podría volver a rechazarlo.

La única ley que respetaron fue la de la naturaleza. Ibrahim se introdujo poco a poco dentro de ella. Quería arrancarle el estúpido camisón, pero no soportaba la idea de dejar de tocarla. Y fue Georgie la que se quitó la prenda por la cabeza. La visión de los brazos alzados y el desnudo cuerpo fue demasiado y la reglas dejaron de importar.

La sorpresa y la fuerza de la embestida hicieron que ella gritara. Él la llenó y, aunque intentó estirarse sobre él, su cuerpo estaba anclado, como si pretendiera asegurarse de que nunca más intentaría huir de él. Ibrahim se acomodó sobre los cojines y en sus ojos se reflejaba algo más que pasión. Había algo que Georgie deseaba compartir. Así, unidos, adoraba las reglas. Deseaba permanecer unida a él para siempre.

Ibrahim buscó su boca y las dos lenguas se entrelazaron en el momento en que el orgasmo, también compartido, estallaba. Después, sus ojos fueron espejos, buscando remordimiento o miedo, deudas que pagar, y no encontrando nada.

–Luego –Ibrahim le besó el hombro–, te llevaré de regreso al palacio y me iré a Londres.

–¿Te vas?

–Tengo que irme.

Ella lo miró perpleja.

—Tengo que hablar con mi padre. Necesito pensar en... —no dijo «nosotros», pero ella casi pudo oírlo—. Está allí, visitando a mi madre.

—¿Por lo que le dijiste?

—A pesar de lo que le dije —el odio en la voz no encajaba con la ternura del momento.

—¿Siempre os lleváis así?

—Siempre —asintió él—. Él me exige respeto, pero ¿cómo? ¿Por qué no la deja marchar?

—¿Dejarla marchar? —Georgie no comprendía.

—Sigue siendo su esposa —Ibrahim la miró con ternura, agradecido por poder compartir con ella sus pensamientos—. Ella siente su infidelidad, tanto que le ha permanecido fiel.

—Pero aquello fue hace años.

—Y pasarán muchos más. Después de todo este tiempo ignorándola, de repente aparece cuando le place. ¿Quién dice que el mes que viene, o el año que viene, no estará demasiado ocupado para ella? Y se supone que ella debe esperar.

—¿No puede divorciarse de él?

—En Zaraq no existe el divorcio. Está tan prohibido que en nuestro idioma ni siquiera existe la palabra. No hay ningún concepto, ningún precedente. Mi madre sabe que, aunque lo pudiera conseguir en occidente, para él, para el pueblo de Zaraq, seguirá siendo su esposa. Y eso no puede cambiarse.

—¿Nada puede cambiarlo? —afortunadamente, él no pareció notar cómo se ruborizaba.

—Nada —le aseguró él mientras a ella se le paraba el corazón—. No se puede deshacer lo que está hecho. Es la ley de Zaraq.

Capítulo 10

FELIZ que haber concluido su obra, el desierto quedó en silencio e Ibrahim al fin pudo dormir. Por primera vez, Georgie lo vio relajado y fue ella la que se sintió tensa. Empezaba a encontrarle el sentido a las extrañas reglas y comprendía lo que Felicity le había explicado. Para el pueblo de Zaraq ella seguía siendo una mujer casada.

A Ibrahim no le importaría, se consoló. Lo comprendería, intentó convencerse, pero acurrucada en sus brazos fue incapaz de mirarlo a la cara. Se sentía como una mentirosa, y se dio la vuelta avergonzada.

¿Cuándo debería habérselo dicho?

¿La noche anterior o durante la boda? ¿Debería haberse acercado a un completo extraño para darle información sobre su vida privada?

Había intentado contárselo durante la noche anterior, pero él se lo había impedido, se intentó justificar antes de admitir que se había sentido aliviada, más que encantada, por no tener que ver su expresión al saber la verdad.

Georgie cerró los ojos y él la rodeó con un cálido brazo, su fornido cuerpo amoldándose a su figura por la espalda. Había cierta ternura en ese gesto posesivo. Cierta belleza en el abrazo y una promesa en sus palabras que le indicó que el príncipe sentía algo por ella, que de nuevo había una posibilidad de futuro, pero que también era posible que ese futuro les fuera negado. Cayó sumida en un inquieto sopor, lleno de sueños de aceites sagrados y vientos que reían, obras de arte y el sonido de un motor.

—Vístete —le apremió Ibrahim con urgencia—. Alguien viene. He oído un helicóptero.

Las aspas del rotor disminuyeron su velocidad. Había llegado el momento de regresar a toda prisa a su habitación. No llevaba puesto más que un camisón desgarrado e Ibrahim le lanzó una manta mientras él mismo se vestía y Georgie salía corriendo de la habitación. Sin embargo, enseguida comprendió que era demasiado tarde. De pie y avergonzada, se quedó parada en el salón. No soportaba mirar a Karim a la cara por lo que se volvió con gesto suplicante a Felicity, cuyo rostro estaba blanco como la pared.

—¿Disfrutando de tu excursión? —se mofó su hermana—. ¿Y dónde está tu guía «experto»?

Georgie se sintió inmensamente agradecida cuando Ibrahim, impecablemente vestido y muy tranquilo, apareció para tomar el mando.

—Tu hermana y yo intentamos regresar anoche, pero hubo una tormenta...

—¡Basta! —el rugido de Karim pretendía silenciar a su hermano, pero éste se resistió.

—Georgie, vístete —le sugirió con voz pausada—, y te llevaré de regreso al palacio.

—Ibrahim —le advirtió Karim.

—Vete —insistió Ibrahim a Georgie—. Tengo que hablar con mi hermano —lo miró con gesto severo—. No hemos hecho nada malo.

—¡Te lo advertí! —gritó Karim—. Te advertí que te mantuvieras alejado de ella.

—Y yo elegí no escucharte. ¿Cómo os atrevéis a entrar

aquí con esa mirada de furia y humillarla así? ¿Acaso has olvidado cómo conociste a tu esposa?

Georgie observó cómo se teñían de rojo las mejillas de Felicity, pues Azizah había sido el resultado en una noche de pasión anterior a la boda. Sin embargo, su hermana parecía haberlo olvidado mientras la seguía a sus aposentos. Estaba furiosa.

–¿Cómo has podido, Georgie? Es la familia de mi esposo. Llevas aquí cuatro días y ya te has metido en la cama con él.

–No fue así.

–¡Por favor!

–Tal y como ha dicho Ibrahim, tú tampoco esperaste demasiado antes de saltar a la cama de Karim –le recriminó Georgie.

–¡No estábamos en Zaraq! –contestó Felicity–. Aquí hay que seguir las reglas.

–¿Sabes qué? –Georgie ya había tenido bastante–. Empiezas a hablar como ellos. ¿Qué le ha pasado a mi hermana?

–Ha madurado –gritó–. Se comportó responsablemente, algo que nunca se te dio bien a ti, ¿verdad? Dejaste la escuela, te escapaste de casa... –en los ojos de Felicity se reflejaban los años de sufrimiento que Georgie le había provocado.

Pero ya le había pedido disculpas una y otra vez por todo aquello.

–He hecho todo lo que he podido para ayudarte –las lágrimas rodaban por las mejillas de la princesa–. Te pagué una rehabilitación que no podía permitirme. Hasta Karim contribuyó.

–Y os estoy muy agradecida –insistió Georgie, aunque se negaba a sentirse en deuda.

–¿Y así nos lo demuestras?

–Yo no tengo que demostraros nada –Georgie no se desmoronó ni se acobardó. Era una discusión que se había pospuesto demasiado tiempo, pero ya no la temía–. Soy otra mujer, nada que ver con la que fui durante todos esos años. Ibrahim y yo no nos estábamos divirtiendo sin más –de eso estaba muy segura.

–¡Para Ibrahim sí ha sido diversión sin más! ¿No lo comprendes? Para él todo es un juego.

–No tengo que defenderle ante ti –contestó Georgie.

–No tengo tiempo para esto –Felicity sacudió la cabeza–. Necesito asearme y cambiarme de ropa para regresar al helicóptero.

–¿No podemos hablar? –suplicó Georgie–. Felicity, por favor, necesito...

–Tú siempre necesitas algo de mí, Georgie, pero no das nada a cambio –gritó su hermana–. Y ahora mismo no tengo tiempo. ¡Qué egoísta! Hay personas enfermas, y Karim y yo debemos regresar con ellas. ¡Por una vez tus necesidades no son prioritarias!

Felicity se marchó dejando atrás a una furiosa Georgie. ¿Cómo se había atrevido su hermana a juzgarla? Estaba harta de todos ellos. Harta de Zaraq y sus costumbres.

Ibrahim también estaba harto.

–¡Hay reglas! –rugió Karim–. Sólo el rey puede cambiarlas. Si la amas, quédate en Londres. Tienes el resto del mundo para comportarte como el príncipe que quieres ser, pero aquí...

–Entonces me marcharé –Ibrahim ya no soportaba más e interrumpió a su hermano.

–Ibrahim –Karim deseó que fuera tan sencillo–. Eres príncipe de estas tierras, y nuestro pueblo está enfermo. Hassan está con su bebé que tiene fiebre –contempló la expresión desolada de su hermano menor–. Se pondrá bien, pero fue algo prematuro. Hassan debe quedarse allí con él. El rey está en Inglaterra y yo soy necesario en el desierto. ¿De verdad eres capaz de marcharte ahora que necesitamos que seas el supremo gobernante?

—No me marcho —Ibrahim se defendió con voz ronca al comprender las implicaciones—. Me quedaré mientras se me necesite aquí. Además, nuestro padre regresará en cuanto lo sepa.

—Quizás no sea posible. He hablado con los consejeros... sugieren cerrar los aeropuertos.

—Estupendo —contestó Ibrahim—. Me pondré al frente del país —sin embargo, como gobernante tenía sus propias reglas y las anunció—. Pero Georgie estará conmigo.

—No —sentenció su hermano. Aquello era imposible.

—Es mía —insistió él. Por una vez, las reglas le resultaban convenientes. Se había acostado con ella en el desierto.

—Jamás podrá ser tuya —Karim no disfrutó dando las malas noticias—. Está casada.

—No.

—Está divorciada, pero... —continuó Karim mientras su hermano cerraba los ojos—. Sabes que aquí eso no vale. No puede vivir aquí contigo, no puede ser tu esposa.

Cada palabra era como un martillazo, pero Ibrahim no se derrumbó, y buscó una solución.

—Podrá esperarme en Londres.

—¿Como nuestra madre espera a nuestro padre? ¿Le harías algo así a Georgie?

Ibrahim sacudió la cabeza.

—Entonces haz lo correcto —concluyó Karim—. Termina con ella ahora de manera que su mente no pueda albergar la menor duda.

Capítulo 11

¿PUEDES ocuparte de Azizah? –preguntó Felicity cuando llegó el momento de partir.

–¿Estás segura de que soy lo bastante responsable? –espetó Georgie, aunque no podía seguir enfadada pues sabía lo doloroso que sería para Felicity estar apartada de su hija–. La cuidaré bien –le aseguró antes de abrazar a su hermana. Por primera vez se sintió como si fuera ella la hermana mayor–. Estará bien.

–Lo siento –se lamentó Felicity.

–Yo te hice daño –contestó Georgie–. Durante todos esos años que estuve enferma, sé cuánto daño te hice, pero estaba demasiado débil y era demasiado frágil para darme cuenta de tus sentimientos. Pero ya no –sonrió a su hermana–. Mejor fuera que dentro.

–Felicity... –llamó Karim.

–Será mejor que te vayas –Georgie aún no se sentía capaz de enfrentarse a su cuñado.

–Mi leche...

–Lo sé –la tranquilizó ella–. Márchate y haz lo que tengas que hacer. No te preocupes.

–Lo siento de veras... –Felicity se estremeció– por todo lo que dije.

–Eran cosas que tenías guardadas desde hacía tiempo –contestó Georgie–. Ya hemos hecho las paces y tú no tienes que preocuparte por Azizah, ni por mí.

Pero Felicity sabía que sí tendría que preocuparse

durante algún tiempo más. Al ver la mandíbula enca-
jada de su marido y el gesto serio de Ibrahim, supo que
se lo había dicho.

Completamente vestida, y sonrojada, Georgie se
obligó a salir de la habitación para despedirse de Karim
y Felicity. Ibrahim y ella aguardaron en silencio a que
despegara el helicóptero.

–Debo regresar junto a Azizah –le indicó al príncipe–. ¿Cuánto tardaremos en llegar?

–Nos han enviado un helicóptero –Ibrahim no podía
mirarla–. Debo regresar lo antes posible –sintió el peso
de la responsabilidad sobre sus hombros–. Debo asumir
el poder. Hay que tomar algunas decisiones de inmediato. Habrá mucha ansiedad e intranquilidad.

–Lo harás maravillosamente bien –Georgie alargó
una mano para acariciarle el brazo, pero él lo retiró–.
Haré lo que necesites para ayudar.

–¿Tú? –él no pudo disimular el tono de burla en su
voz.

–Sí, yo.

–¿Un cursito de cuatro semanas y ya te crees una ex-
perta en las costumbres del desierto?

–¡No te estaba pidiendo un puesto como consejera!
–Georgie no entendía el cambio de actitud en el príncipe–. De modo que soy lo bastante buena para acos-
tarme contigo, pero no para aparecer a tu lado.

–El pueblo jamás lo aceptaría.

–¡Por favor! –Georgie estaba más que harta–. Al
pueblo no le importa Felicity –soltó una carcajada–.
Bueno sí, pero sólo porque se quedó embarazada del
posible heredero –observó cómo Ibrahim cerraba los
ojos y palidecía ligeramente–. Yo no me voy a quedar
embarazada, no te preocupes. Estoy tomando la píldora.

–Por supuesto –y eso era precisamente lo que más

dolía. Ésa era la chica que llevaba preservativos en la maleta, por si acaso, la que esperaba ante la puerta de los clubs nocturnos. Ésa era la mujer divorciada que no podía ser su princesa y eso le ponía furioso–. No me lo digas: tomas la píldora por prescripción facultativa.

Georgie le habría abofeteado.

El hombre dulce y tierno que le había hecho el amor había desaparecido, siendo sustituido por esa versión cáustica que ella no comprendía. El helicóptero se aproximó y se tapó los ojos con un pañuelo mientras corrían bajo las aspas y subían al interior. Georgie vio desaparecer la tienda y en un tiempo que se le antojó demasiado corto, el palacio apareció a la vista. Durante todo el trayecto, él no la miró en ningún momento, ni intentó hablar.

Y seguía negándose a comunicarse con ella cuando entraron en el palacio. Le esperaban los consejeros y Georgie se quedó en la entrada, mientras Rina hablaba apresuradamente en árabe, sin saber cómo comportarse sin la ayuda de Felicity o Ibrahim. De repente la miró brevemente y entonces habló.

–Me pregunta si quieres instalarte en una habitación junto a la de Azizah.

–Sí, por favor –ella asintió–. ¿Serías tan amable de decírselo?

–Por supuesto –Ibrahim transmitió las órdenes a Rina y a otra doncella antes de volverse de nuevo hacia ella.

–Ya está todo arreglado. Le he pedido que trasladen los efectos personales de la *señora* Anderson –siseó con tal rabia que no hubo lugar a dudas.

Durante un instante, Georgie se enfureció con su hermana por habérselo contado a Karim, sin embargo en el fondo sabía que esa furia estaba mal dirigida.

Estaba enfadada consigo misma.

—¿Es señorita o señora? —Ibrahim aún tenía esperanzas de que su hermano estuviera equivocado.

—Señora —contestó ella con voz ronca antes de apartar la mirada, pero no lo bastante rápido para no percibir el gesto de repugnancia del príncipe.

Debería haber sido ella quien se lo comunicara. Al menos le habría podido explicar mejor las cosas. Al mirar los fríos ojos negros, Georgie se preguntó si alguna vez tendría la oportunidad de hacerlo.

—Ibrahim... —delante de tantas personas no podía decir nada, pero necesitaba que le concediera un momento de su tiempo para poderse explicar—. ¿Podemos hablar?

—¿Hablar? —se mofó Ibrahim—. No tengo nada de qué hablar contigo. No hay nada que discutir.

—Y nunca lo habrá.

Capítulo 12

FUE EL día más largo de su vida.
Georgie sólo quería meterse en la cama, hacerse un ovillo y llorar. Pero debía pensar en Azizah.

Azizah, que odiaba un biberón que no era su mamá, que no estaba acostumbrada a los brazos más huesudos de su tía y que lloró durante toda la tarde, y hasta bien entrada la noche.

Tras pasear arriba y abajo con ella en brazos, al final Georgie se sentó en el salón familiar, tal y como hacía Felicity a menudo, y Azizah al fin se rindió, aceptó el biberón que tanto odiaba y casi estuvo a punto de quedarse dormida... hasta que Ibrahim regresó de su inspección al ejército. No fue únicamente el corazón de Georgie el que saltó al oírle. Hassan, el príncipe heredero, corrió por el pasillo al encuentro de su hermano.

—¡Deberías haberme consultado! —estaba furioso y ambos hermanos discutieron.

Su primer instinto al oír llegar a Ibrahim había sido el de desaparecer de allí, pero la niña parecía empezar a tranquilizarse y no había osado moverse del salón.

—Deberías haber hablado conmigo antes de cerrar los aeropuertos.

—Estabas con tu mujer y tu hijo —le señaló Ibrahim—. Eras necesario allí. Yo soy más que capaz de ocuparme de este asunto.

—Has cerrado los aeropuertos y cancelado todas las intervenciones quirúrgicas.

—Disculpadme —interrumpió Georgie. Quizás fuera una grosería interrumpir a los príncipes, pero el palacio era suficientemente grande como para que discutieran en otro lugar y la inquieta Azizah empezaba a cerrar los ojos—. Casi se ha dormido.

—Entonces llévala a su cuarto —espetó Ibrahim.

Mientras Hassan aceptaba el teléfono que le entregaba una doncella, Georgie decidió enfrentarse a Ibrahim y se obligó a mirarlo a los ojos.

—¿Un día duro en la oficina, querido? —preguntó con voz dulce aunque caústica—. ¿Quieres que haga desaparecer a los niños?

—Sólo tú —siseó Ibrahim. Era un infierno verla y no poder tenerla. Un infierno haberse atrevido casi a amarla y luego descubrir lo que había hecho—. Quiero que desaparezcas tú.

—Es nuestro padre —Hassan le pasó el teléfono—. Quiere hablar contigo.

Sería el momento ideal para marcharse, desaparecer, tal y como deseaba el príncipe que hiciera, pero Georgie quería estar allí, oírlo todo.

A pesar de encontrarse en el otro extremo del salón, oía perfectamente la airada voz del rey al otro lado de la línea, pero, aunque Hassan no dejaba de caminar de un lado a otro, Ibrahim permanecía tranquilo y respondió a su padre con voz calmada.

—Acepté un consejo —fue la escueta respuesta aunque, cuando evidentemente no bastó, la elaboró un poco más—. Acepté el consejo de los expertos. Al parecer tenías conocimiento de todo esto desde hacía días, pero apenas hiciste nada al respecto —se veía claramente el pulso latir en su cuello. Era la única indicación del tormento que vivía por dentro—. El pueblo es prioritario —interrumpió—, no tu horario de vuelo, y desde luego no el ego de Hassan. Su mente está puesta en su hijo recién nacido, como debe ser, porque hay otro príncipe más que capacitado para tomar el mando. He hablado con nuestros soldados, y el ejército va a abrir un hospital de campaña en el oeste. Los aviones seguirán en tierra hasta que estemos seguros de haber controlado esta epidemia. Si decides saltarte la prohibición de volar, si no me crees capacitado, desde luego deberías regresar —insistió antes de hablar con voz ligeramente amenazadora—. Si lo haces, te devolveré el mando —durante un segundo miró a Georgie—. Y abandonaré Zaraq en tu mismo avión.

Tras colgar el teléfono, se volvió a su hermano, Hassan.

—Tú... o bien tomas el mando y te responsabilizas de todo, o me lo dejas a mí. No voy a llamar al hospital y a esperar a que vayan a buscarte cada vez que necesite tomar una decisión —miró fijamente a su hermano—. ¿Qué decides?

—El pueblo necesita...

—El pueblo necesita un líder fuerte —lo interrumpió Ibrahim—. Y yo soy más que capaz de ser ese líder. Si piensas otra cosa, sugiero que llames a Jamal y le digas que mañana partirás al oeste en helicóptero, tal y como había planeado hacer yo, para comprobar de primera mano los estragos de la enfermedad —no se amilanó. Se mostró directo y brutal—. Y quizás deberías hablar con el pediatra. Todos estamos vacunados, por supuesto, y en caso de que no funcione están los medicamentos antivirales, pero yo me lo pensaría antes de entrar en contacto con un recién nacido.

Hassan palideció.

–¿Qué vas a hacer? –lo apremió Ibrahim–. Porque si no se me necesita, me voy al casino.

Georgie lo sabía muy capaz de hacerlo. Buscaría una mujer, cualquier mujer. Estaba enfadado y ella era la causa.

–Tienes todo mi apoyo –cedió Hassan–. Y te doy las gracias por tomar el mando. Voy a visitar a mi mujer y a mi hijo.

Inclinó la cabeza a modo de saludo hacia Georgie y la, por fin, dormida Azizah y se marchó.

–Eso ha sido un golpe bajo –observó ella.

–Eso ha sido sentido común –espetó él–. No me importa lo eficaz que sea la vacuna, si fuera mi bebé... –miró a Georgie sentada con su sobrina en brazos y sintió ira. Porque aquella misma mañana casi se lo había imaginado. No una esposa y un bebé, pero sí un futuro junto a alguien. La función de príncipe y el regreso al desierto le habían parecido más llevaderos con ella a su lado–. Tengo que trabajar –se volvió para marcharse, pero se paró cuando ella lo llamó.

–Ibrahim, por favor, ¿podemos hablar?

–No quiero hablar contigo.

–Por favor –insistió Georgie–. Sucedió hace mucho tiempo. Fue...

–Algo que no puede deshacerse –interrumpió Ibrahim.

–¿Desde cuándo eres tan perfecto? –preguntó ella–. No comprendo por qué todo debe ser distinto ahora.

–Porque así debe ser.

–Sólo duró unas semanas –empezó Georgie–. Yo tenía diecinueve años. La vida en casa era un infierno y había perdido mi trabajo tras recaer de mi enfermedad... –balbuceó sin que él respondiera–. Me pareció una persona agradable.

—Y te casaste con él porque parecía «agradable»...

—Hay razones peores que ésa. Era mayor, parecía ofrecerme seguridad, pero ahora comprendo que no era más que otro borracho, como mi padre. Ahora comprendo que me lancé en brazos de la misma vida de la que quería escapar.

—Y crees que eso hace que sea mejor. El hecho de haber destrozado tu vida por un borracho de mediana edad.

—Fue hace mucho tiempo —protestó ella—. Sé que aquí no es admisible, pero en Londres...

—¡Soy un príncipe de la realeza! —Ibrahim se esforzó por no gritar, por el bien del bebé.

—Aquí no.

La frente de Ibrahim se pobló de arrugas mientras se frotaba el rostro en un gesto de frustración. La estaba salvando de sí misma y ella no lo entendía. Pensó en su madre, sentada en Londres junto al teléfono, casada con un hombre que no podía estar siempre a su lado, con hijos desperdigados por el mundo. Y sabía que no podía hacerle eso a Georgie. De modo que aceptó la sugerencia de su hermano y pronunció palabras que no le dejarían la menor duda.

—Soy un príncipe de la realeza —insistió—. Y eso significa —tragó con dificultad, aunque ella no se dio cuenta—, que no tengo por qué cargar con un material deteriorado.

De no haber tenido al bebé en brazos, Georgie se habría puesto en pie para abofetearlo, pero lo que hizo fue desviar la mirada del rostro de Ibrahim y acunar el cálido y dulce cuerpecito mientras ella se sentía helada por dentro.

—La novia que me elegirán sabrá qué se espera de ella. Una novia apta para mí no se encuentra haciendo cola en un club nocturno con un preservativo en el bolsillo y los papeles del divorcio en la mesilla de noche. Si quieres que te busque en Londres... si una noche te sientes aburrida...

—¡Jamás!

—Entonces... —Ibrahim se encogió de hombros— hemos terminado.

—¡Eres un bastardo!

—Cuando quiero, sí —el príncipe volvió a encogerse de hombros mientras oía claramente el espantado silencio de Georgie y los nuevos lloriqueos de Azizah—. ¿Te importaría seguir tu propia sugerencia y desaparecer de aquí con el bebé? Tengo un país que gobernar.

Capítulo 13

NO TUVO un segundo de respiro.
Había muchas necesidades y preguntas y él se ocupó de cada una de ellas.

Voló hasta el desierto y fue testigo del sufrimiento. Después regresó y atendió a la prensa.

El turismo no le preocupaba, fue la arisca respuesta que dio.

De todos modos, preguntó a los periodistas, ¿acaso los turistas desearían visitar un desierto vacío, una ciudad fantasma?

Silenció las críticas con su manejo de los medios, pero para Ibrahim no hubo un momento de respiro, pues noche tras noche dormía solo.

En varias ocasiones alargó la mano hacia el teléfono, pero no era sólo sexo lo que quería. Por primera vez buscaba la opinión de otra persona... de una persona en concreto.

—*Yo decirle hacer bien* —de regreso del hospital, sin su bebé, Jamal hablaba con Georgie, con su inglés rudimentario, sentada a la mesa del desayuno.

Ibrahim hizo una aparición sorpresa y la princesa se volvió hacia él para hablar en su idioma antes de sonreír y devolver su atención a Georgie.

—*Pronto Felicity regresa.*

—¿Cuándo? —preguntó Georgie sin poder evitar mirar a Ibrahim. Se moría de ganas de marcharse de allí. Aunque apenas lo veía, era muy duro cruzarse con él y recibir un educado, pero frío, saludo. Y verlo sentado a la mesa era más de lo que podía soportar.

—Karim ha llamado. La situación ha mejorado mucho y quiere que ella regrese a casa, aunque él se quedará allí.

—¿Y qué pasa con los aeropuertos? —preguntó.

—Me reuniré hoy con los médicos. Sugieren que todos los visitantes sean vacunados, pero... —hizo una pausa y esperó en vano a que ella le diera su opinión—. En cuanto se pongan en marcha las nuevas directrices no habrá ningún motivo para no reabrirlos.

—¿Y cuánto falta para eso? —Georgie no quería conversación, sólo respuestas.

—Quizás mañana —Ibrahim escogió una pieza de fruta de la fuente antes de cambiar de idea.

Georgie bajó la vista y vio la granada. Podría haberle provocado un poco, pero se sentía demasiado herida para jugar. Lo único que quería era regresar a su casa.

—*Tú queda hasta que yo trae al bebé* —sugirió Jamal. El futuro rey aún no tenía nombre—. Será un buen día.

Georgie sonrió tímidamente y cuando la doncella apareció para comunicarles a Jamal y a Hassan que el coche les esperaba para llevarles al hospital, Georgie también se levantó para marcharse. Pero Ibrahim la detuvo.

—¿Te quedarás después de que haya regresado Felicity?

—¿Por qué?

—Tal y como ha dicho Jamal, el bebé llegará pronto a casa y, con la epidemia controlada, habrá muchas celebraciones.

—No estoy de humor para celebraciones.

—Podrías estar con tu hermana.

–En este viaje no –Georgie se encogió de hombros y se volvió hacia la puerta.

–Georgie.

–¿Qué?

–Quizás deberíamos hablar...

–¿Sobre qué?

–Quizás esta noche, cuando todos estén durmiendo, podrías venir y...

–Ya te lo dije –siseó ella–. Jamás.

El segundo intento de marcharse fue de nuevo interrumpido por el príncipe. Georgie estaba furiosa porque ese hombre creía que podía llamarla para celebrar una noche de sexo que mitigara el dolor de su corazón. Y también estaba enfadada consigo misma por considerar seriamente la opción.

–Georgie, no puedes marcharte...

–¿Se me ha olvidado hacer una reverencia? –rugió ella.

–No puedes marcharte hasta que no seas dispensada.

–No hay problema, yo ya estoy dispensada –contestó Georgie–. Cuando me llamaste material deteriorado, Ibrahim, me dispensaste para siempre.

–Te guste o no, estamos aquí juntos –él sólo quería hablar, pero ella estaba demasiado furiosa para comprenderlo.

–No por mucho más tiempo –espetó ella–. Felicity volverá mañana.

–Aún no sabemos qué pasará con los aeropuertos.

–Volveré a nado si hace falta –Georgie hablaba completamente en serio. En el peor de los casos se instalaría en un hotel.

Dedicó el día a hacer la maleta y a cuidar de Azizah. Hizo todo lo posible para no pensar en él, pero a medida que se hacía de noche, cedió un poco y se sentó a ver la televisión. A pesar de los subtítulos, no lo entendía todo, pero no cabía duda de que el joven príncipe había conseguido tranquilizar al pueblo. Su voz grave había llevado consuelo a los que sufrían. Hacía que las decisiones complicadas parecieran fáciles de tomar, pero también le habían pasado factura.

Se veía claramente en las imágenes.

Se preguntó si todo el mundo se habría fijado en la rigidez de su mandíbula mientras oía las preguntas, o las pequeñas arrugas que habían aparecido alrededor de los negros ojos. Se preguntó si habrían notado que tenía las mejillas más hundidas.

A lo mejor eran detalles sólo visibles a los ojos del amor.

Cambió de canal una y otra vez, pero no sirvió de nada, pues aunque cerrara los ojos seguía viendo su rostro. Desgraciadamente para ella, no le cabía duda de que lo amaba.

–¡Oh! –al verlo entrar en el salón se sobresaltó. Era demasiado pronto para que hubiese regresado. Había dado por hecho que la conferencia de prensa había sido en directo–. Creía que estabas... –señaló al televisor–. Te deseo buenas noches.

–No hace falta que te escondas en tu habitación.

Georgie se sentía más segura en sus aposentos, pero no lo dijo. Simplemente no contestó y se dispuso a marcharse, pasando por delante del sofá. Pero él le agarró la muñeca.

–¿Has comprendido lo que se ha dicho? –él contempló su propia imagen en la pantalla.

–No mucho.

–Las cosas están mejorando.

–Qué bien –ella permaneció de pie a pesar de que Ibrahim le tiró del brazo para que se sentara a su lado en el sofá–. He visto las noticias –aún no podía mirarlo a la cara–. Había subtítulos... hablaban del joven príncipe y del magnífico trabajo que estabas haciendo... –las lágrimas rodaron por sus mejillas y cayeron sobre la mano del príncipe que aún la sujetaba–. Hablaban de una prometida...

–Siempre hablan de matrimonio –empezó Ibrahim, aunque no podía negar que era cierto–. Si me quedo aquí, si ejerzo de príncipe...

–No hay «si», que valga –Georgie estaba furiosa–. Has saboreado el poder y quieres más.

–No –él deseó que fuera tan sencillo–. No se trata de poder, no se trata de lo que yo quiero. Soy su príncipe. El pueblo se ha mostrado paciente mientras era joven, pero ya ha llegado el momento de aceptar mis responsabilidades –contempló de nuevo la pantalla de televisión–. ¿Entiendes de qué están hablando?

–No.

–Ése es uno de los ancianos. Pregunta que, si es verdad que nos importan tanto a los regidores, por qué no hay ningún hospital en el desierto. Por qué hacen falta cinco días de viaje para obtener ayuda. Zaraq es un país rico, pero su pueblo sufre.

–Pero las cosas están cambiando –Georgie tragó con dificultad–. Hay programas de ayuda, hay un hospital...

–Al que no pueden acceder –Ibrahim la miró–. Han elegido vivir aislados, eso dice el periodista en estos momentos. Nos piden que no invadamos su desierto, que no les quitemos sus costumbres... Es complicado.

–No hay una solución sencilla –observó Georgie mientras contemplaba la preocupación y las arrugas en el rostro del príncipe–. ¿Verdad?

–No hay solución sencilla –asintió él–. Hace falta más infraestructura. Mi padre lo intentó una vez. Hizo venir a expertos, pero ellos no comprenden nuestras costumbres. Se planificó la construcción de una carretera, pero había que construir puentes.

—Tú sí comprendes, ¿verdad? —de repente, ella lo vio claro.

—Me siento en Londres y diseño ascensores y piscinas para los rascacielos —él asintió—, pero no he olvidado la tierra. Comprendo parte de la magia y la ciencia. Veo los puentes, pero no puedo franquear los cañones. Veo cómo podría hacerse de modo que el pueblo lo permitiera, de modo que les beneficiara sin tener que renunciar a sus deseos de libertad...

La mente analítica de Ibrahim empezó a soñar y ella se volvió de nuevo hacia el televisor, escuchó y leyó los subtítulos. El periodista preguntaba si el príncipe supervisaría los cambios.

—Por el momento —había contestado él— nos ocuparemos de los problemas actuales. Después veremos qué hay que hacer para que no vuelva a repetirse.

Ella lo miró, y el rostro que vio le resultó repentinamente familiar, era el rostro que había visto en el avión, un rostro que hablaba de su tormento interior.

—¿Qué ocurre, Ibrahim? —preguntó mientras él cerraba los ojos—. Sí que te vi en el avión, y no tenías nada que ver con el hombre que se bajó de él. ¿Es éste tu lugar en el mundo?

—¿Te digo la verdad? —preguntó Ibrahim—. No lo sé. Aquí es donde se me necesita —abrió los ojos y la miró, agradecido por su silencio, porque no le dijo que también lo necesitaba, porque no luchaba desde el rincón de su desgarrado corazón—. Cuando todo esto termine, cuando regrese...

—Tú perteneces a este lugar —intervino Georgie. Durante los últimos días había visto claro que era así.

Ibrahim se puso en pie y se dirigió hacia la puerta, pero cambió de idea y se detuvo. Al igual que había hecho en el club de Londres, se volvió y regresó a su lado.

—Lo que dije sobre el material deteriorado...

—Por favor, no te disculpes —protestó ella–. Porque me odiaría si llegara a perdonarte.

—No espero que me perdones y no espero que lo comprendas, sólo que sepas que al decirlo quería evitar hacerte más daño a largo plazo.

—Pues no funcionó —contestó Georgie–. Jamás funcionaría.

De algún modo, y para poder sobrevivir al resto de su vida, era algo que debía aceptar.

Capítulo 14

Y A NO falta mucho –Georgie intentaba consolar al bebé que echaba de menos a su mamá–. Mami llegará pronto –de inmediato lamentó sus palabras, pues la mera mención de su madre hizo que arreciaran los aullidos de Azizah–. Vamos –una agotada Georgie intentó pasear con ella por la lujosa habitación. Sentía el calor de las mejillas de su sobrina y abrió la puerta de la terraza para salir al exterior. El aire fresco sorprendió a la niña que dejó de llorar–. Mañana te llevaré a la playa –le prometió su tía mientras contemplaba los negros ojos del bebé, unos ojos heredados de Zaraq.

El corazón se le paró en seco al ver a Ibrahim caminando por la playa y cuando miró hacia el palacio, no desvió la mirada como la vez anterior. No estaba segura del todo, pero juraría que la miraba fijamente, descaradamente, como ella a él. Pero ella no sólo miraba al hombre, miraba también al recuerdo y supo que ambos estaban reviviendo el desierto.

Y supo lo que debía hacer.

Dejó al bebé, por fin dormido, en la cuna, cerró la terraza y se dirigió a su habitación.

No le hizo falta cerrar con llave, sabía que él jamás acudiría en su busca. Había dado por terminada la relación y no sería tan cruel como para reavivarla, por mucho que la deseara.

Iba a ser una noche muy larga antes de que la normalidad regresara al día siguiente.

Era su última oportunidad para estar a solas, para despedirse, aunque no con palabras.

Era su última oportunidad para darle las gracias, pues, a pesar de sus crueles palabras, la había cambiado, le había enseñado a apreciar la belleza de su cuerpo.

Cuando él regresó a sus aposentos y la encontró en su cama, no le hizo ninguna pregunta.

La besó con dulzura en el cuello, luego el hombro y otra vez el cuello. Después le habló sobre aquello tan doloroso que no habían podido hablar de ello antes.

—Ojalá me lo hubieras contado.

—¿Por qué? —preguntó Georgie, y respondió ella misma—. Así podrías haberme evitado y jamás habría ocurrido —sintió los cálidos labios de nuevo sobre el cuello y el fornido cuerpo apretándose contra ella, y comprendió por qué no había contestado él—. Para que nunca hubiésemos conocido esto...

—¿Y ahora qué hacemos? —Ibrahim le hizo tumbarse de espaldas y mirarlo a la cara—. La próxima vez que vengas a visitar a tu hermana y yo esté aquí con mi esposa... —estaba furioso con ella. Aceptar la elección de su padre habría resultado soportable, de no ser...

—Intentaremos no coincidir —contestó ella.

—Las bodas, los bautizos y los funerales suelen tener una única fecha de celebración y eso significa que ambos estaremos aquí, aunque separados y negando que esto haya sucedido —sentía cada centímetro de la piel de Georgie contra su cuerpo, una piel que le pertenecía, salvo por ley—. ¿Voy a tener que estrechar la mano de tu esposo y sonreír a tus hijos? —sabía que no sería capaz de ello—. ¿O pasaremos los próximos cincuenta años escabulléndonos discretamente tras la comida para encontrarnos en los jardines...?

–No –Georgie sacudió la cabeza. No podría vivir así.

–¿Por eso me detuviste? –Ibrahim lo recordó de repente–. ¿No era porque te sintieras culpable por tu hermana?

–Aún no había conseguido el divorcio y no me pareció bien.

–Pues al final parece que tienes sentido de la moral –exclamó él con una mezcla de humor y amargura–. Eso te elimina de la lista de amantes.

De modo que aquélla era la última vez que estarían juntos. Ibrahim se apartó de ella y encendió todas las luces antes de retirar la sábana de seda. Georgie se quedó tumbada, temblando de deseo en silencio mientras los negros ojos recorrían su cuerpo.

Ibrahim contempló los dedos de sus pies y las flores de henna que trepaban por ellos. Miró las rodillas y los muslos, y el rincón que a partir del día siguiente le sería vetado. Miró el vientre y los pechos que había saboreado. Sin necesidad de decirle nada, ella comprendió y se dio la vuelta, y lloró mientras él contemplaba el adorado cuerpo.

Sentía el calor de la mirada sobre la columna, sobre la marca de nacimiento bajo las costillas y las estrías sobre las caderas.

Concluida la inspección visual, Ibrahim se metió en la cama y repasó cada rincón sobre el que se habían detenidos sus ojos, pero con la boca. Georgie sentía los ardientes labios sobre la piel, las pantorrillas, los dedos de los pies y de nuevo hacia arriba. La obligó a darse la vuelta y prosiguió sobre el vientre, en el punto exacto en que lo había detenido en una ocasión. Se tomó su tiempo, un tiempo del que no disponían, y la exploró lentamente hasta que ella le suplicó que parara. Sin embargo, él no se detuvo y le provocó un orgasmo tan profundo e intenso que le asustó. Sabía muy bien lo que le estaba haciendo y se oyó a sí misma gritar su nombre, tal y como había pretendido él que hiciera porque, mientras llegaba y lo llamaba, era consciente de que jamás podría llegar en el futuro sin pensar en él. Siempre tendría que reprimirse para no equivocarse de nombre.

Era tan hábil que le ponía furiosa. Perfecto y adecuado, y aun así jamás podría ser suyo. Se tendría que conformar con el recuerdo.

Cuando ya no hubo más que dar, Ibrahim empezó a tomar. Se deslizó por su cuerpo y, por primera vez desde el desierto, le besó la boca y abrió los ojos en el instante en que la penetraba. Georgie también los tenía abiertos, temerosa de pestañear. Era fundamental que jamás olvidara aquel instante, que nunca olvidara esa mirada mientras se hundía profundamente en su interior. Que no olvidara cómo destacaba su pálida piel contra los bronceados hombros. También intentó grabar en su memoria el aroma de su príncipe.

La peor semana de su vida quedó borrada de la mente de Ibrahim. Teniéndola a ella, soportaría cualquier cosa. Quería llegar, pero no que acabara tan pronto, de modo que se contuvo a pesar del sufrimiento, pues su cuerpo ansiaba la liberación que ella podía darle.

—Por favor —suplicó Georgie, a punto de llegar. Quería que él la acompañara—. Por favor —insistió presionando la boca contra el hombro de Ibrahim para no seguir suplicando.

Sentía como si se estuvieran hundiendo en unas arenas movedizas, succionados hacia el mundo que habían creado en el desierto únicamente para ellos dos. No quería, no podía, esperarle ni un segundo más. Se alzó y se tensó en torno al cuerpo de Ibrahim, tocando una melodía que él no podría ignorar. Y al fin él cedió y cada embestida la llevó más lejos, no sólo a la cima, sino más allá, lejos de él. Ambos lo sabían. Estaban alimentando los últimos destellos del orgasmo de un fuego que debía extinguirse.

Ibrahim deslizó una mano hasta el vientre de Georgie y se detuvo pensativo.

Con suerte dolería menos cuando ya no estuviera en sus brazos, pero ella se quedó quieta un rato más, torturándose mientras él hacía lo mismo.

—¿Qué pasaría si no tomaras la píldora?

—Seguramente nada.

—Pero, ¿podría ser?

—Nunca lo sabremos —contestó Georgie con las mejillas ardiendo porque ella también había considerado esa posibilidad—, porque me la tomé esta mañana y me la volveré a tomar mañana. No te impondré una decisión —aunque frágil en sus brazos, su mente era fuerte.

—Si sólo duró unas semanas —Ibrahim seguía divagando, explorando opciones que normalmente hubieran sido impensables—. ¿Podrías obtener la anulación?

—Pero sucedió —ella habló con voz ronca—. Tú mismo dijiste que no puede deshacerse.

—Pero duró tan poco tiempo, y no hubo niños... Si fue un error, algo que lamentas...

—El problema es que no lo lamento —anunció ella, mostrando más valor del que había mostrado en su vida, con las ideas más claras que nunca.

—¿Cómo puedes decir que no lo lamentas? —él la miró con gesto sombrío—. Te casaste con un borracho y admitiste que fue un error. ¿Cómo puedes decir que no lamentas algo por lo que vamos a tener que pagar tan elevado precio?

–No lo lamento porque aprendí mucho de ese error –ella se negaba a ceder–. He aprendido de mis errores –añadió con voz temblorosa en un intento de mantenerse firme–. Podría haber admitido que lo lamentaba, pero sería únicamente porque tú querías oírlo... porque yo habría hecho cualquier cosa para agradarte.

–Por culpa de tu pasado, no tenemos futuro...

–Por culpa de mi pasado soy mejor persona –interrumpió ella–. Porque me enseñó a decir que no, a marcharme, a aceptar únicamente lo mejor... De modo que no me obligues a decir que lo lamento. No me avergüenzo de mi pasado, Ibrahim. Si a ti te avergüenza... –se levantó de la cama y se puso la bata. Se marchó a pesar de no desearlo porque de lo contrario podría empezar a mentir, podría convertirse en la mujer que él deseaba que fuera en lugar de en la mujer que era–. Ése es tu problema.

–¿Tardarás mucho en volver? –preguntó Felicity en el coche que les iba a llevar al aeropuerto.

Se había llevado una gran impresión cuando, nada más regresar del desierto, Georgie le había comunicado que se marchaba y no había habido manera de hacerle cambiar de idea.

Si no se marchaba, acabaría de nuevo en su cama y allí se quedaría hasta que le encontraran a su esposa. Ella se merecía más que eso, y la futura princesa también.

–Por supuesto que volveré –le aseguró a su hermana mayor, aunque en el fondo de su corazón no sabía cómo iba a ser capaz de hacerlo.

–Y yo iré a pasar unas semanas a casa –Felicity intentó mantener un tono de voz alegre mientras se alejaban del palacio.

Georgie se negó a mirar atrás mientras el coche avanzaba, pero una vez en el aeropuerto, al abrazar a su hermana, no pudo más y se derrumbó.

–Conseguirás olvidarlo –le aseguró Felicity–. Lo superarás.

–Ya lo sé –contestó Georgie, aunque su corazón no estaba tan seguro de ello.

Nada más despegar, el piloto les sugirió mirar a la derecha para disfrutar de una espectacular puesta de sol, pero ella se negó a hacerlo. Se negaba a disfrutar de una puesta de sol sin su príncipe.

–¿Va todo bien, señorita Anderson? –preguntó la azafata.

–Señora –corrigió Georgie, porque así era, le gustara a Ibrahim o no.

Capítulo 15

IBRAHIM estaba en Londres.

Desde su última noche, cada día tras consultar el horóscopo, Georgie tecleaba «Zaraq», en el buscador de internet.

Y a continuación, «noticias».

La epidemia que había asolado al país estaba controlada.

Hassan y Jamal habían regresado a casa con el bebé.

El rey estaba encantado con su nieto y, tras una breve estancia en el palacio, había regresado al Reino Unido para resolver unos «negocios». Aunque a Ibrahim se le mencionaba muy a menudo, aquel día no había noticias de él, como sucedía desde hacía cuatros días.

Estaba segura de que se encontraba en Londres, porque Felicity se había mostrado esquiva cuando lo había intentado averiguar y, además, su cuerpo le decía que era así.

Continuar con el trabajo requería un enorme esfuerzo.

Por mucho que su hermana se mostrara escéptica, el trabajo que llevaba a cabo consistía en mucho más que en masajes y esencias. Para ser eficaz, tenía que entregarse en cuerpo y alma, pero en aquellos momentos sentía que no tenía mucho de sí misma que ofrecer.

Entre cliente y cliente consultaba las llamadas, los mensajes, el correo electrónico...

Alimentaba un deseo que no disminuía por mucho que se obligara a seguir adelante.

–Tenía cita para un masaje facial, pero ha surgido algo.

Sophia Porter era una cliente nueva y Georgie repasó el cuestionario que había rellenado.

–Podría reservar otra cita –continuó–, aunque esperaba poder comprar algo... –cerró los ojos azules y presionó un dedo contra la frente–. Sufro migrañas. He intentado de todo.

–¿Por qué no me dejas darte un masaje de reflexología en las manos? –le ofreció Georgie.

Era su masaje preferido para un contacto inicial. No era invasivo y, a menudo, el único que toleraban sus clientes más jóvenes. Sin embargo, la mujer dudó, quizás sintiéndose un poco presionada–. Quizás te ayude antes de comprar nada.

Sophia se reclinó en la silla y Georgie preparó sus aceites. No tenía ninguna mezcla lista para usar ya que prefería hacerlo intuitivamente tras conocer al cliente.

Uno de los mejores aceites para las migrañas era el de lavanda, pero al percibir la ansiedad de Sophia optó por añadirle amaro y una gota de mejorana, tras lo cual se humedeció las manos con la fragante mezcla y tomó la mano de su paciente.

La mujer tenía las manos suaves, bastante hermosas, de largos dedos y exquisita manicura. Pero, a pesar de los esfuerzos de Georgie, no conseguía relajarse y no paraba de hacerle preguntas. Algunas personas se relajaban hablando por lo que decidió contarle que acababa de regresar de vacaciones.

–¿Has estado en algún lugar bonito? –preguntó Sophia.

–Mi hermana mayor vive en Zaraq. Es una isla...

–He oído hablar de ella –la mujer sonrió.

Georgie eligió otro frasquito. Un poco de melisa quizás ayudaría, y siendo la fragancia clave para la memoria, en unos segundos ella misma se encontró de nuevo en el desierto. Las manos empezaron a temblar y tuvo que interrumpir el masaje mientras Sophia respiraba hondo.

—Ah... *Bal-samin* —se reclinó en la silla—. Háblame de Zaraq. ¿Es bonito?

—Mucho —admitió ella mientras sentía que la mujer se relajaba cada vez más.

De manera que le habló del interminable desierto y del milagro de encontrar allí una caracola marina. Tiró delicadamente de cada dedo hasta eliminar la tensión. Le habló del cielo infinito y del ardiente sol. Le habló de los salvajes vientos y las extrañas costumbres y cuando el recuerdo empezó a doler demasiado, cuando ya no pudo hablar de ello sin llorar, levantó la vista y comprobó que Sophia se había dormido.

—El dolor de cabeza ha desaparecido —anunció cuando la despertó con suavidad. Insistió en pagar, a pesar de las protestas de Georgie, y también adquirió aceite de melisa. Tras lo cual le entregó una enorme propina—. Tienes un don.

—Gracias.

—¿Podrías reservarme otra cita?

—Por supuesto —Georgie abrió la agenda en la pantalla del ordenador y se dispuso a introducir los datos de Sophia—. ¿Señora o señorita? —preguntó—. No lo has indicado.

—No hay ninguna casilla marcada «reina» —contestó Sophia mientras a Georgie se le paraba el corazón—. Pon señora. Es más sencillo que intentar explicarlo.

—No has venido por el masaje, ¿verdad?

—No —admitió la otra mujer—, aunque volveré... si tú

me lo permites. Lo del terrible dolor de cabeza era cierto. Jamás pensé que un masaje podría eliminarlo, pero así ha sido –sonrió con tristeza–. Estoy preocupada por mi hijo.

–¿Has hablado con él?

–Sí. Está aquí, en Londres

Georgie dio un respingo, dolida porque no hubiera intentado ponerse en contacto con ella.

–Y eres tan hermosa como me había contado, y tan cálida y encantadora.

–¿Ha hablado de mí?

–Ibrahim no es muy dado a las confidencias, pero sí, ha terminado por admitir que tenía algo en la cabeza. Te echa de menos.

–No me ha llamado.

–Está preocupado por ti –le explicó Sophia–. Preocupado por la crueldad con la que te tratará la prensa de Zaraq y por lo que esa crueldad te hará –sonrió a Georgie–. Ha visto lo que me hizo a mí. Me marché y, durante dos años, la prensa no me dejó en paz. Mi marido perdonó mi infidelidad, pero el pueblo de Zaraq no. Pero yo no necesito su perdón. Aquí tengo una vida maravillosa, y mi marido viene a menudo.

–¿No echas de menos aquello?

–A veces –Sophia se encogió de hombros–, pero aquí soy feliz y puedo mostrarme como soy. Se lo he explicado a Ibrahim –miró a Georgie a los ojos y negó el dolor que sentía en el alma. Ni por un instante se sintió culpable por mentir. Sólo quería conservar a su hijo.

Evitar que el desierto se llevara también lo único que le quedaba de su familia.

Durante años le había suplicado a Ibrahim que no regresara y durante muchos de esos años había pensado que jamás lo haría. Sin embargo, desde la boda de Kamir lo había notado inquieto. Una inquietud que, al principio, había intentado ignorar, pero que tras verle desde la distancia gobernar un país sumido en la crisis, tras oírle hablar sobre construir un futuro para el pueblo de Zaraq, se había impuesto y, en esos momentos estaba segura de haberlo perdido, segura de que el desierto había ganado una vez más.

Y entonces su hijo le había hablado sobre Georgie, la mujer que amaba, y ella había vislumbrado un camino hacia el futuro, con una familia junto a la cual envejecer, con nietos que no fueran unos extraños, y navidades y cumpleaños celebrados en compañía.

–Podrías tener ambos mundos –le había asegurado a su hijo–. No le des la espalda al amor. Encontrarás el camino, Ibrahim. Juntos podréis salir adelante.

Y repitió las mismas palabras a Georgie.

–Me dijo que eras frágil, y me contó todo lo que habías sufrido.

Georgie se sintió confusa, pues pensaba que Ibrahim la veía de otra forma.

–Pero ya no estás enferma y veo con mis propios ojos que eres fuerte. Si la prensa de Zaraq habla mal de ti, no te desmorones. De todos modos, tal y como le he dicho a mi hijo, tú estarás aquí. Aquí podrá protegerte, defenderte... No debería permitir que tu pasado afecte a vuestro futuro.

–No creo que tengamos ningún futuro.

–Yo no estaría tan segura –Sophia sonrió–. Sé cómo te sientes, Georgie. Comprendo tus miedos y, si necesitas hablar con alguien en quien puedas confiar, aquí me tienes.

Capítulo 16

AQUELLO no mejoraba.

Sentía una constante llamada que intentó ignorar.

Sentía la oscuridad en el corazón, y la inquietud en el alma.

La corbata le asfixiaba por las mañanas.

Las calles estaban abarrotadas, la lluvia era intensa, pero podría muy bien ser su hogar.

Había escuchado a sus hermanos, al rey, pero no estaba de acuerdo con ellos. También había escuchado a su madre que insistía en que no cerrara esa puerta de su corazón.

Que le decía que tenía elección.

Y al final, Ibrahim había decidido intentarlo. Ése podría ser su hogar sin que tuviera que dejar de ayudar al pueblo de Zaraq.

Subió a grandes zancadas las escaleras hasta el pequeño despacho de Georgie. Había tomado una decisión y nada podría hacerle cambiar de idea.

—Estoy esperando a un cliente —ella reconoció los pasos y no levantó la vista porque no quería mirarlo, no quería ver su rostro ni añadir otra imagen más a su colección.

—Yo soy tu cliente. Hice que mi secretaria reservara la cita a su nombre —los detalles no importan—. Necesito verte...

–Será mejor que no.

–¿Mejor para quién? –preguntó él–. ¿Te sientes mejor si no me ves? –contempló el pálido rostro y se preocupó por su delgadez–. Tenemos que hablar.

–No estoy preparada para hablar.

Y no lo estaba. Verlo, oler su aroma, tenerlo en su espacio, la sobrecogía. Deseaba tocarlo, arrojarse en sus brazos, pero tenía miedo de volver a perderlo.

–Pues entonces no hables. Limítate a escuchar –Ibrahim tragó saliva–. Me sentiría muy honrado de que aceptaras ser mi esposa.

–¿Pero? –preguntó Georgie.

–No hay ningún «pero».

Ella estaba muy segura de que sí lo había y no quería oírlo. Tenía miedo de mirarlo a los ojos, pero sabía que debía hacerle las preguntas. De modo que se obligó a mirarlo y lo que vio fue dolor. Y supo lo mucho que la había echado de menos. Y entonces preguntó.

–¿Y qué pasa con mi trabajo? –estaba dando un rodeo al tema y al mismo tiempo lo abordaba sutilmente, tan sutilmente que ni siquiera Ibrahim se dio cuenta.

–No te pido que renuncies a nada.

–Tú amas esas tierras, Ibrahim. Quieres vivir allí, lo veo, lo siento. Lo sé...

–No.

–Sí.

Y era cierto.

Era una maldición con la que tenía que vivir, pero podía tener ambas cosas, estaba seguro.

–Viviremos aquí. Puedo regresar por motivos de trabajo y para visitar a mi familia. Pero nuestro hogar estará aquí.

Georgie quería decir que sí. Deseaba arrojarse en sus brazos, aceptar su proposición, ser su esposa. Cada latido del corazón la impulsaba en esa dirección, pero con el tiempo se había vuelto menos impulsiva, más fuerte, y primero debía pensar en sí misma.

—¿Y yo también viajaré allí contigo?

—Cuando se conozca tu pasado —Ibrahim dudó unos segundos antes de negar con la cabeza—, se producirá un escándalo, pero tú estarás aquí. Te protegeré de aquello.

—No necesito tu protección —contestó ella—. Porque no sucederá.

—Lo que te ofrezco...

—Ser medio princesa, eso me ofreces —espetó Georgie, sorprendida ante la amargura en su voz, una amargura negra y furiosa, como la verdad que ocultaba la bonita propuesta de Ibrahim—. Creo que me merezco algo más.

—Aquí te daré todo lo que necesites.

—Pero no podrás llevarme contigo a tu hogar. No podré vivir como mi hermana...

—¿O sea que lo que quieres es un palacio? —su voz también reflejaba amargura—. ¿Quieres todos esos lujos?

—Sí —contestó Georgie—. Si me caso contigo, quiero todo eso.

—No eres la que yo creía —exclamó Ibrahim.

—Soy mejor que ella —insistió Georgie—. Y cada día soy mejor. Hace unos meses habría accedido. Habría aceptado cualquier migaja que me ofrecieras. Demonios, lo habría aceptado la semana pasada, pero ya no...

—Migajas no —le estaba ofreciendo todo lo que podía ofrecerle: vivir la mitad de su vida en un avión con tal de pasar la noche con ella.

—No quiero sólo los cumpleaños y Navidad, y un marido para los fines de semana. No quiero llegar a acuerdos con una familia que me odia. No quiero ser una mujer de militar para un país que se negará a reconocer mi existencia –lo miró fijamente a los ojos–. Y no quiero que vuelvas a describirme como una persona frágil.

–Nunca lo he hecho.

Ella no le creyó.

–No hace falta que me protejas, ni que me escondas de mi pasado. Me alegro por cada error que he cometido porque, hace seis meses, seis días, de haberme ofrecido todo eso, lo habría aceptado. Me habría convertido en tu esposa sin cuestionármelo, pero ya no.

–Te quiero en mi cama cada noche.

–Y yo quiero el palacio y el desierto, y de vez en cuando querré regresar a Londres –le explicó ella con convicción creciente–. Lo quiero todo, y me lo merezco, y si no puedes dármelo, si no puedes compartir toda tu vida conmigo, entonces no aceptaré la mitad que me ofreces. Estoy mejor sola, mejor pudiendo viajar libremente a Zaraq para visitar a mi hermana y a mi sobrina. Mejor siendo yo misma que una esposa exiliada.

–¿Me estás diciendo que no?

–Desde luego –asintió Georgie.

–Sólo puedo ofrecerte...

–Guárdatelo para la esposa que elija tu padre para ti, Ibrahim –insistió ella–. Resérvalo para la virgen –estuvo a punto de escupir ante la idea, pero se contuvo–. Pero, por bien que la enseñes, jamás será tan buena como yo.

Capítulo 17

EL PROBLEMA con las palabras airadas, pensó
Georgie mientras él salía furioso de su despacho, era que no podían ensayarse.

Deseaba correr tras él, explicarse mejor. Decirle que
no hablaba de sexo, que no se acababa de proclamar la
mejor amante del mundo. Bueno, lo era, pero sólo para
él.

Y en efecto, no se trataba sólo de sexo. Lo que jamás
podría tener con otra eran las conversaciones, los pensamientos compartidos.

Pero no correría tras él, era más fuerte que eso.

¿Frágil? ¡Y un cuerno!

¿Cómo se había atrevido?

Inhaló un poco de aceite de melisa antes de arrojar
el frasco contra la pared al percibir el aroma a *Bal-smin*,
tal y como había hecho Sophia. Porque siempre la llevaría de vuelta al desierto.

Siempre.

¿Cómo había podido afirmar Sophia que era feliz
con aquella vida cuando su hijo y su nieto estaban enterrados en el desierto, cuando había oído a Ibrahim decirle a su padre que había llorado al conocer el nacimiento
del hijo de Hassan?

Sophia había mentido, y Georgie no la culpaba lo
más mínimo por ello.

Quizás debería hablar con ella, pero con sinceridad. Quizás la ayudaría a conocer su verdadero dolor, confirmar cómo se sentía siendo medio esposa, sellar la decisión que había tomado.

Capítulo 18

¡IDIOTA! –Ibrahim pasó por delante de su madre y se dirigió directamente al lugar donde se sentaba su padre. Tras de sí dejó un rastro de malas vibraciones que hicieron que la reina se quedara de pie ante la puerta, temerosa de entrar en la habitación. Por mucho que lo intentara, aquello era imposible de parar.

–¡No te atrevas a hablarme de ese modo! –el rey se levantó a la defensiva–. Soy tu padre, y tu rey.

–Tú no eres mi rey –espetó su hijo–. Ya no volverás a ser mi rey. Estoy harto. Has cortado la relación entre mi madre y la familia.

–No tuve elección.

–Eres el rey –bufó Ibrahim–. Tú decides. Tú estableces las normas –oía a su madre llorar en el pasillo, pero no podía parar–. Se merece estar en casa contigo, no escondida en otro país. Es la madre de tus hijos.

–Me engañó.

–¡Igual que tú a ella! –lo desafió el príncipe, poniendo en entredicho las más ancestrales costumbres que lo apartaban a él, a su padre y a su familia de un futuro–. Has tenido numerosas amantes, incluso cuando estabas con ella...

–¡Soy el rey! –rugió su padre indignado–. Tu madre tenía cuatro hijos pequeños. Le estaba ayudando para que pudiera centrarse en sus hijos sin tener que atender mis necesidades...

–¿Y qué pasa con sus necesidades? –exclamó su hijo–. Las tenía, pero estabas demasiado ciego para verlas.

–Ibrahim, por favor –suplicó Sophia desde el pasillo–. Déjalo.

Georgie paró frente a la casa de Sophia y la vio ante la puerta, encorvada y llorando. A medida que se acercaba a la casa oyó voces airadas provenientes del interior.

–Lo va a matar si sigue hablándole así –Sophia corrió a su encuentro–. Debes impedírselo.

Sin embargo Georgie sabía que no habría manera de impedirle continuar. Había mucho que decir, un enfrentamiento que debía llevarse a cabo, de modo que tomó la mano de Sophia y escuchó.

–Ni siquiera le permitiste terminar la relación con dignidad –Ibrahim seguía rugiendo–. Debes llevarla a casa.

–Mi pueblo no la aceptará y no me respetarán si la perdono en público.

–Algunos puede que no –lo desafió su hijo–. Pero hay muchos que te respetarán aún más... incluyendo a tu propio hijo.

El rey miró a su hijo pequeño, al que no conseguía entender, al que había acusado de ser débil cuando había llorado en el desierto. El niño que había llorado hasta ahogarse, hasta vomitar, cuando debería haberse resignado y aceptar su destino. Pero Ibrahim no lo había hecho, porque jamás se rendía ante lo que creía, y el rey vio por fin su fuerza.

–Amo a Georgie –continuó Ibrahim–. Y va a ser mi esposa porque, sin ella a mi lado, jamás regresaré a Zaraq, ni nuestros hijos tampoco –lo decía en serio y al rey no le cupo la menor duda de ello–. Si soy príncipe, ella también debería pertenecer a la realeza, como debería pertenecer mi madre.

–No puedes renunciar a todo.

–Acabo de hacerlo –exclamó él sin rastro de remordimiento en la voz.

Georgie cerró los ojos mientras escuchaba y comprobaba lo mucho que la amaba.

–No puedes darle la espalda a la llamada del desierto...

–No oigo ninguna llamada del desierto. La llamada proviene de mi corazón.

–No te burles de las costumbres ancestrales.

–No lo hago –contestó Ibrahim–. El desierto sabe lo que hace, porque nos unió. Es el regidor quien se muestra ciego.

Había terminado con su padre. Sólo le quedaba encontrar a Georgie, pero antes de siquiera darse la vuelta, ella estuvo a su lado, tomándole la mano, intimidada por el rey.

–¿Es éste el futuro que deseas para él? –rugió el rey.

–No hace falta que renuncies, Ibrahim –Georgie no podía competir en fuerza con el monarca–. Ya se nos ocurrirá algo. Sé lo mucho que amas aquello.

–Pero ellos también tienen que amarme a mí –contestó él–. Sería un buen príncipe, bueno y leal. Puedo ayudarlos a avanzar y a introducir los tan necesitados cambios, pero sólo si me quieren al completo, y tú siempre serás una parte de mí.

Lo decía en serio. Georgie lo supo. La tensión y las dudas habían desaparecido. No había resto de lucha y, sin mirar atrás, salió de la casa, llevándosela con él.

–¿Te das cuenta de lo que has hecho? –preguntó ella.

–¿Y tú? –por primera vez en su vida, Ibrahim sintió cierta vergüenza porque ya no podía ofrecerle todo aquello que ella deseaba–. Ni siquiera podrás ser medio princesa.

–¿Soy tuya? –preguntó ella, recibiendo el asentimiento de Ibrahim–. ¿Eres mío?

Él cerró los ojos y asintió de nuevo.

–Entonces lo tengo todo.

Georgie contempló los dedos de la mano de Ibrahim, enroscados alrededor de los suyos y luego miró a los negros ojos y el talento que latía tras ellos. Ése era su palacio.

Tenía a su príncipe.

Epílogo

PRONTO habrá acabado lo peor.
Ibrahim se refería a la parte oficial de la boda, pero al recibir la sonrisa de su amada, supo que también significaba algo más.

Con él a su lado, Georgie se sentía capaz de enfrentarse a cualquier cosa.

–Pronto –insistió él–, nos iremos al desierto.

Se moría de ganas de que llegara el momento. Por fin comprendía la sabiduría de aquel lugar.

Pero su mente no se detuvo allí. Aquella noche toda su atención estaba puesta en Georgie. A ella no le gustaba estar bajo los focos, ser el centro de todas las miradas, y la protegió de todo aquello lo mejor que pudo. Afortunadamente, y aunque se trataba de su boda, había otra pareja que reclamaba la atención.

Zaraq celebraba dos felices acontecimientos. La boda de Ibrahim y Georgie, y la reunión del rey con su reina.

El pueblo siempre la había amado. Había llorado la muerte de su hijo y por fin la veía regresar, resplandeciente. Estaba sentada a la mesa, al lado de su esposo.

El rey estaba orgulloso de su país y su pueblo y, en el discurso, les dio las gracias por compartir ese día con ellos. También le dio las gracias a su esposa sobre todo, añadió, por su paciencia. Incluso Ibrahim soltó una carcajada. Entonces el rey se volvió hacia él y dio las gracias a su hijo pequeño, el más rebelde, por mantener su postura, pues los desafíos eran buenos. Por último sonrió a Georgie y le dio las gracias a ella por lo mucho que le había enseñado.

Lo peor había terminado y, al parecer, podían empezar a divertirse.

Todos, salvo Georgie.

De pie en lo alto de las escaleras, oyó la música y el rugido de la multitud, y las bailarinas que les rodeaban. Y la mano de Ibrahim en la suya.

–No puedo hacerlo.

–Ya lo estás haciendo –contestó Ibrahim, pues bastaría con que caminara, aunque la sabía capaz de mucho más–. Ya lo estás haciendo.

¿Había estado el rey tan exultante y orgulloso durante la boda de Felicity?

Vio a su madre, sonriente, y el radiante rostro de Sophia que al fin estaba en casa, y también la felicidad de su hermana.

Pero sobre todo vio a Ibrahim a su lado y, a mitad de las escaleras, encontró el ritmo y supo que podía bailar, aunque fuera mal, y que él seguiría adorándola.

Pues para él era perfecta.

Y eso le infundió el valor que jamás sospechó que tendría.

Bailar el tramo final y aceptar el amor que la rodeaba sin importarle si caía o tropezaba, porque Ibrahim estaba dispuesto a atraparla. Y ella también estaba preparada para ayudarlo a él.

Bailó la *zeffa*, se acercó a él y se alejó. Bailó a su alrededor y junto a él. Sintió el latido en su estómago. Un latido que se extendía por los muslos hasta los dedos de los pies. Y cuando al fin se estableció el contacto, pudo seguir bailando apoyada en sus brazos.

–Llévame al desierto.

–Pronto –le aseguró Ibrahim.

Aún tenían obligaciones que cumplir y bailaron dos bailes más antes de dirigirse a una mesa repleta de viandas en la que Georgie se tomó su tiempo para elegir.

Ibrahim vio a un sirviente disponerse a partir con un cuchillo una granada y se la quitó de los huesudos dedos para partirla en dos con sus propias manos.

–Llévame al desierto –insistió ella.

Ibrahim estaba a punto de explicarle que no podían, pero se contuvo. En efecto, tenían un deber que cumplir, pero él tenía otras prioridades. Habían posado para las fotos, habían saludado al pueblo, habían bailado y festejado... todas las cosas que Georgie odiaba, y su deber en esos momentos era ocuparse de ella.

–No puedes marcharte –exclamó la madre de Georgie mientras Ibrahim se acercaba a hablar con su padre–. No puedes marcharte en medio de tu propia boda.

–Sí que puede –Felicity abrazó a su hermana.

–¿Qué ha dicho? –Georgie miró ansiosa a Ibrahim que había regresado a su lado.

Sin embargo, en el salón había demasiado ruido para oír la respuesta y se vieron obligados a bailar de nuevo. Con el deseado objetivo a la vista, ella accedió. Después salieron del palacio y se dirigieron hacia un helicóptero que les aguardaba para sobrevolar el desierto. Durante un buen rato no se hablaron, sólo se besaron.

–¿Qué te dijo? –volvió a preguntar ella cuando al fin se encontraron a solas–. ¿Qué te contestó el rey cuando le dijiste que nos íbamos?

–Me dijo que cuidara de ti –contestó Ibrahim–. Y yo le contesté que eso estaba hecho.

Entraron en la tienda y ella se preparó para ser agasajada por los sirvientes, por Bedra, para recibir una llu-

via de pétalos y todas aquellas cosas que se hacían en
una boda real. Lo único que le consolaba era saber que
en una hora más o menos podría escaparse a la cama.
Sin embargo, fue su esposo quien encendió las antor-
chas a su paso.

—¿Dónde están todos?

—Se han ido —contestó él—. Estamos solos tú y yo.
Nadie nos vigila para protegernos... —contempló a su esposa, la frágil Georgie, y no deseó tener nada más en
aquellos momentos—. Conmigo estás segura.

Segura en el desierto, sola con él.

Todos creían que Isabella, la esposa del jeque Adan, había muerto. Pero reapareció cuando él estaba a punto de contraer matrimonio con otra mujer y de convertirse en rey de su país. Isabella tendría que ser su reina y compartir su trono del desierto y su cama real. Pero ya no era la joven pura y consciente de sus deberes de antaño, sino una mujer desafiante y seductora que excitaba a Adan; una mujer que no recordaba haber sido su esposa.

Extraños en las dunas

Lynn Raye Harris

Acepte 2 de nuestras mejores novelas de amor GRATIS

¡Y reciba un regalo sorpresa!

Oferta especial de tiempo limitado

Rellene el cupón y envíelo a
Harlequin Reader Service®
3010 Walden Ave.
P.O. Box 1867
Buffalo, N.Y. 14240-1867

¡Sí! Por favor, envíenme 2 novelas de amor de Harlequin (1 Bianca® y 1 Deseo®) gratis, más el regalo sorpresa. Luego remítanme 4 novelas nuevas todos los meses, las cuales recibiré mucho antes de que aparezcan en librerías, y factúrenme al bajo precio de $3,24 cada una, más $0,25 por envío e impuesto de ventas, si corresponde*. Este es el precio total, y es un ahorro de casi el 20% sobre el precio de portada. !Una oferta excelente! Entiendo que el hecho de aceptar estos libros y el regalo no me obliga en forma alguna a la compra de libros adicionales. Y también que puedo devolver cualquier envío y cancelar en cualquier momento. Aún si decido no comprar ningún otro libro de Harlequin, los 2 libros gratis y el regalo sorpresa son míos para siempre.

416 LBN DU7N

Nombre y apellido	(Por favor, letra de molde)	
Dirección	Apartamento No.	
Ciudad	Estado	Zona postal

Esta oferta se limita a un pedido por hogar y no está disponible para los subscriptores actuales de Deseo® y Bianca®.
*Los términos y precios quedan sujetos a cambios sin aviso previo.
Impuestos de ventas aplican en N.Y.

Deseo™

Enemigos bajo las sábanas
DAY LECLAIRE

Emma Worth cambió la vida de Chase Larson al decirle que estaba embarazada. El millonario había nacido fuera del matrimonio y no estaba dispuesto a que eso mismo le ocurriera a un hijo suyo. Sólo había una cosa que podría impedir que convirtiera a Emma en su esposa: la enemistad que había entre sus familias. Ella nunca se habría imaginado que una sola noche con Chase los uniría para siempre. La heredera deseaba desesperadamente criar a su hijo juntos, pero sólo si Chase conseguía olvidar que eran enemigos.

"Voy a tener un hijo tuyo"

¡YA EN TU PUNTO DE VENTA!

Bianca™

Después de una noche de pasión,
se había quedado embarazada del conde...

Gwen había ido a Francia a perseguir su sueño como chef, dispuesta a matarse trabajando antes de regresar al seno de su familia. Pero ni siquiera toda su determinación pudo conseguir que se resistiera a la intensa mirada de Etienne Moreau... Después de una noche de pasión, Etienne quiso convertirla en su amante, pues era el antídoto perfecto a su refinada existencia. Pero Gwen se sintió indignada con la oferta. Tal vez Etienne pensara que podía comprarlo todo con su dinero, ¡pero ella no estaba a la venta! Sin embargo, ninguno de los dos contaba con algo inesperado...

El noble francés

Christina Hollis